Über den Autor:

Hansjörg Schneider

Flattermann

Roman

BASTEI LÜBBE TASCHENBUCH
Band 14733

1. Auflage: Juni 2002

Der Autor dankt dem Basler Literaturkredit.

Vollständige Taschenbuchausgabe

Bastei Lübbe Taschenbücher ist ein Imprint
der Verlagsgruppe Lübbe

© 1995 by Ammann Verlag & Co., Zürich
Lizenzausgabe: Verlagsgruppe Lübbe GmbH & Co. KG,
Bergisch Gladbach
Einbandgestaltung: Tanja Østlyngen
Titelfoto: Mauritius
Satz: hanseatenSatz-bremen, Bremen
Druck und Verarbeitung: Nørhaven Paperback A/S
Printed in Denmark
ISBN 3-404-14733-2

Sie finden uns im Internet unter
http://www.luebbe.de

Der Preis dieses Bandes versteht sich einschließlich
der gesetzlichen Mehrwertsteuer.

Die Wassertemperatur betrug 19 Grad, die Luft-temperatur 26 Grad, die Wasserqualität war schlecht.

Peter Hunkeler, Kommissär des Kriminalkommissariats Basel, gewesener Familienvater, jetzt geschieden, stand im Rheinbad St. Johann und las die Tageswerte vom Aushang ab. Wasserqualität schlecht, dachte er, was sollte das heißen? War vielleicht die Luftqualität gut? War es gesünder, zu atmen als zu schwimmen? Hatte er sich nicht vor einer halben Stunde in der Garderobe nebenan umgezogen, war er nicht auf dem Treidelweg flußaufwärts spaziert, hatte er sich nicht beim Wasserstandsmesser oben in den Fluß gleiten lassen, und hatte er nicht den Fischreiher wegfliegen sehen? Was tat denn dieser wunderschöne Vogel dort, jeden Morgen, wenn Hunkeler auftauchte? Wusch er sich etwa im von der Chemie vergifteten Wasser den Schnabel? Nein, er fing Fische. Waren diese Fische etwa halbvergiftete Chemieleichen, auf dem Rücken treibend, mit langsamen Kiemen, nach den letzten Sauerstoffresten schnappend? Nein, das waren quicklebendige Silberpfeile, und der Reiher mußte seine ganze angeborene Schlauheit einsetzen, um sie zu fangen.

Gewiß, Trinkwasser war es nicht, was dort oben

unter der Mittleren Brücke hindurchfloß. Aber das war auch nicht zu erwarten in dieser Stadt. Basel lag eben nicht im kanadischen Busch, seine Bevölkerung ernährte sich nicht von Lachs und Elch, sondern von Pillen, Dünger und Lacken. Für Hunkeler galt: Wo ein Fisch schwimmt, kann auch ich baden. Er schüttelte sich die Tropfen von den Armen, strich sich das nasse Haar glatt. Er spürte die Sonne auf dem Rücken, das stimmte ihn wieder friedlich. Natürlich wußte auch er, daß der Rhein nicht ganz sauber war. Aber schließlich hatte er ja nicht vor, ihn auszutrinken.

Hunkeler trat an den Rand der Plattform, die vor dem Kiosk über das eingehegte Schwimmbecken hinausragte. Dort draußen floß der Rhein, träge und grün zu dieser Jahreszeit. Ein schwerer Lastkahn kämpfte sich flußaufwärts, vollbeladen mit Kies. Über die Johanniterbrücke gleich rechts oben fuhr ein Blaulicht. Ein Wagen der Feuerwehr, kein schwerer Fall offenbar, es war nur ein einzelnes Auto, das drüben in Kleinbasel verschwand.

Unten im Schwimmbecken schwamm eine Entenmutter mit fünf Küken. Vor wenigen Tagen noch waren es acht gewesen, drei hatte offenbar der Milan geholt. Die kleinen Viecher paddelten, was das Zeug hielt, um der Strömung standzuhalten. Trieb ein Blatt heran, huschten sie darauf zu, flink wie Mäuse, fast sah es aus, als ob sie über das Wasser liefen. Sie waren hier, um auf Frau Lang zu warten, die in wenigen Minuten den Kiosk aufmachen und das restliche Brot von gestern hinunterwerfen würde.

Ein Bild des Friedens, dachte Hunkeler, eine Oase mitten in der Stadt, ein herrlicher Junimorgen.

Da hörte er einen Schrei. Er kam von rechts oben, von der Johanniterbrücke her also, von der manchmal Burschen heruntersprangen, obschon sie fast zwanzig Meter hoch war. Diese Burschen pflegten jeweils zu schreien, aber anders, aus Übermut, aus Stolz, um die Aufmerksamkeit der Leute auf sich zu ziehen. Dies jetzt war ein anderes Schreien, ein gefährliches. Und als Hunkeler hinaufblickte, hing dort zwischen Brückengeländer und Wasserspiegel tatsächlich ein großer Vogel. Sein Schrei war verstummt, er flatterte voller Entsetzen, das war deutlich zu sehen, er ruderte mit den Armen. Er trug einen dunklen Anzug. Es war ein alter Mann, der offenbar nicht ins Wasser hinein wollte, aber er mußte hinein, die Schwerkraft befahl es. Er schlug auf und verschwand.

Hunkeler stand reglos. Er hielt sich mit beiden Händen am Geländer fest, er atmete nicht. An eine Bewegung war gar nicht zu denken. Er wartete, drei Sekunden lang, sechs Sekunden lang, die Zeit stand still. Der Wirbel, den der fallende Männerleib ins Wasser gerissen hatte, verlor sich, verschwand. Darüber stand schräg die Sonne, und von der Kleinbasler Seite war das ferne Horn des Feuerwehrautos zu hören.

Dann endlich tauchte etwas auf, gut hundert Meter weiter unten. Ein Männerkopf war es, am Hals war eine Krawatte zu erkennen. Eine Hand erschien, ein Arm, ein dunkler Ärmel, der winkte, dann wieder verschwand. Der Männerkopf blieb auf dem grünen Wasser, tauchte dann wieder weg, erschien aufs neue. Ein Schrei war nicht mehr zu hören.

Hunkeler wunderte sich, daß er immer noch dastand am Geländer, nichts unternahm, nur schaute, nur schaute. Was da eben geschehen war, war unerhört. So unerhört, daß jedes Eingreifen verboten schien. Er hätte eigentlich schon beim Flattern des Mannes, bei seinem Aufklatschen und Verschwinden reagieren müssen. Er hätte die Treppe hinunterrennen, beim unteren Einstieg ins Wasser springen und mit aller Kraft hinausschwimmen müssen, um den Mann zu retten. Er hätte ihn am Rockkragen packen, ihn, hätte er sich verzweifelt gewehrt, in den Doppelnelson nehmen und ihn so ruhigstellen müssen, bis er ihn wie einen schlaffen Sack ans Ufer hätte bringen können, darauf achtend, die fremde Nase über dem Wasserspiegel zu halten. Hunkeler hatte das in seiner Jugend gelernt, er war Rettungsschwimmer. Und immer noch war er so fit, daß er einen Mann ohne weiteres vor dem Ertrinken retten konnte.

Aber was er gesehen hatte, hatte ihm jede Entschlußkraft geraubt. Das war ein Einbruch gewesen in diesen alltäglichen, sonnigen Sommermorgen, das Eindringen von etwas anderem, Ungeahntem, fast Heiligem. Da hatte der Tod zugegriffen, mitten in Basel, im Rhein. Denn offensichtlich war der alte Mann nicht zufällig, aus Unvorsichtigkeit oder Übermut, in den Fluß gefallen. Dafür war das Geländer dort oben zu hoch. Er war hinübergeklettert und hatte sich hinabgestürzt, weil er sterben wollte. Dieser Wunsch zu sterben war es, der Hunkeler lähmte, der ihn erschrecken ließ, ihm Ehrfurcht abverlangte, auch wenn klar zu erkennen gewesen war, daß den Mann schon im Stürzen die Angst gepackt hatte, die Angst vor dem unbekannten Tod. Und jetzt kämpfte er dort draußen um sein Leben. Er hielt sich wacker, er war noch immer nicht endgültig untergegangen, sein Kopf trieb Richtung Dreirosenbrücke der französischen Grenze entgegen. Es war zu spät, um einzugreifen, er war schon zu weit hinabgetrieben. Er lag mitten im Fluß, wo die Strömung am stärksten war.

André kam heran, der Abwart des Rheinbades, wie immer in der zu schmalen Badehose mit den Leopardentupfern drauf. »Hast du das gesehen?« fragte er. Hunkeler nickte.

»Der ist freiwillig hinab«, sagte André, »da bin ich ganz sicher. Ich habe den Schrei gehört. Ich war wie gelähmt.«

»Ich auch.«

»Holen wir ihn?«

»Nein. Es ist zu spät. Lauf hinauf zur Telefonkabine und ruf die Polizei an. Nummer 117. Und die Sanität. Es sei ein Mann ins Wasser gefallen.«

»Wieso rufst nicht du an?« fragte André. »Du bist ja Polizist.«

»Dort unten«, Hunkeler zeigte flußabwärts, wo die großen Passagierschiffe lagen, »dort unten holt ihn einer heraus. Ich will dabeisein, wenn er ihn bringt.«

André schaute hinunter. Ein kleines Ruderboot,

das offenbar zu einem der weißen Kähne gehörte, wurde mit kräftigen Schlägen hinausgerudert, direkt auf den schwimmenden Körper zu. Ein junger Mann mit schwarzer Wollmütze saß darin.

»Geh jetzt endlich«, sagte Hunkeler, »ich bin schließlich nicht im Dienst, ich habe Urlaub. Sie sollen die Rheinpolizei vorbeischicken, mit dem Beatmungsgerät.«

Er hörte, wie die Tür ins Schloß fiel, André war weg.

Hunkeler stand immer noch am Geländer und schaute flußabwärts. Es war ein Hafenschiffchen, das auf den kaum mehr wahrnehmbaren Kopf zutrieb, keine drei Meter lang und flach aufliegend, wie sie hinten an den Rheinkähnen hingen und bei Bedarf hinuntergekurbelt werden konnten. Es schaukelte heftig in den Wellen des Kieslasters, der Richtung Mittlere Brücke stampfte. Der Mann mit der schwarzen Mütze ruderte regelmäßig, mit viel Zug. Dann hatte er den Kopf erreicht. Hunkeler sah, wie sich zwei Arme zum Wasser hinunterstreckten, wie sie etwas packten und einen schweren Leib an Bord zerrten. Dann setzte sich der Mann mit der Mütze wieder hin, packte die Ruder und trieb das Boot dem Ufer zu.

Hunkeler trat zum Tisch, an dem er morgens kurz nach neun, wenn Frau Lang den Kiosk geöffnet hatte, Kaffee zu trinken und Zeitung zu lesen pflegte. Er setzte sich hin, den Rücken an die Holzwand der Frauenkabinen gelehnt, die Füße auf der Bank. Hockstellung, dachte er, so hat man früher die Menschen beerdigt. Er spürte die Sonne auf dem Bauch und im Gesicht, wohlig warm, seine Haut war inzwischen trocken geworden. Über die Johanniterbrücke rollte der Verkehr, träge wie der Fluß. Es stimmt, dachte er, ich habe Urlaub. Drei Wochen, und das in der schönen Sommerzeit, in der halb Basel ans Meer verreist ist. Die Stadt gehört mir und der Rhein auch. Und überall freundliche Gesichter. In den Beizen wirst du zuvorkommend bedient, weil sie halb leer sind, und in der Kunsthalle sitzen die alten Kämpen, die auch nicht ans Meer fahren. Hier an diesem Flußufer, dachte er, ist es besser als an jedem verpißten Mittelmeerstrand, auch wenn die Wasserqualität scheints schlecht ist. Aber das alles ist nicht der Grund, weshalb ich nicht eingegriffen habe. Der Grund war dieser Schrei.

Die Sanität war in knapp sechs Minuten da, die Polizei in zehn. Die Rheinpolizei ließ auf sich warten. Der Mann mit der schwarzen Mütze hatte sein Boot dicht am Ufer, wo die Strömung schwach war, heraufgerudert zum Anlegeplatz gleich unterhalb des Rheinbades. Es war ein junger Mann mit langem, blondem Haar, das er zu einem Zopf gebunden hatte.

»Guten Tag«, sagte er, als Hunkeler zu ihm trat. »Da ist ein Mann ins Wasser gefallen, ich habe ihn herausgefischt.«

Er war ziemlich verlegen, der nasse Mann im Boot hatte auch ihm zugesetzt, aber er versuchte zu lächeln.

»Ja«, sagte Hunkeler, »ich habe ihn flattern und aufklatschen sehen. Sind Sie vom Schiff dort unten?«

»Ja, von der Lorelei. Ich bin Holländer. Ich war gerade auf Deck und habe ihn mitten im Fluß winken sehen.«

»Hat er etwas gesagt«, fragte Hunkeler, »als Sie ihn herausgezogen haben?«

»Nein, kein Wort. Er wird sterben, denke ich. Ich habe ihn auf den Bauch gelegt, damit das Wasser auslaufen kann. Aber er hat zuviel geschluckt. Bitte helfen Sie mir, ihn ans Ufer zu tragen, er ist sehr schwer. Ich muß zurück aufs Schiff.«

»Nein«, sagte Hunkeler, »die Polizei braucht Ihre Personalien. Das muß alles seine Ordnung haben.«

»Ordnung«, sagte der junge Mann, »was ist das? Wie kommt ein alter Mann dazu, von einer so hohen Brücke zu fallen?«

Sie schauten beide hinauf zur Johanniterbrücke, wo drei Laster im Stau standen.

»Ich bin einmal mit einem Lastkahn den Rhein hinuntergefahren«, erzählte Hunkeler, und er wunderte sich, daß er das tat, »das war in jungen Jahren. Ich schlief vorne im Bug bei den Matrosen, auf dem Boden im Schlafsack. Die Besatzung bestand aus Holländern. Ich habe seither nie mehr so vernünftige, höfliche Menschen angetroffen.«

Der junge Mann nahm die Mütze vom Kopf und

strich sich verlegen übers Haar. »Können Sie helfen?« fragte er und zeigte auf den Mann, der immer noch im Boot lag.

»Nein.«

Zusammen schauten sie ihn an, schweigend, die Stille hatte plötzlich überhandgenommen. Der nasse Anzug bestand aus dunkelblauer Gabardine, Hose und Rock vom selben Stoff, die Bügelfalten waren genau gezogen. Ein Sonntagsgewand offensichtlich, gedacht für besondere Tage, für Taufe, Hochzeit, Beerdigung. Die Socken aus grauem Nylon, die Schuhe schwarz, die Absätze schräg abgetreten. Die grauen Haare im Nacken einigermaßen lang, strähnig. Stirnglatze mit Leberflecken drauf, es konnten auch Altersflecken sein. Über dem linken Ohr lag der Bügel einer Hornbrille, leicht verrutscht. Die Wange bartlos, offensichtlich frisch rasiert, auffallend bleich, leicht bläulich angelaufen. Der Hals dürr, der Hemdkragen abgeschabt. Eine violette Krawatte, aus Seide. Der Mann mochte gegen einen Meter achtzig groß sein. Eine stattliche Figur vormals, jetzt schlaff und in unnatürlicher Stellung daliegend.

Hunkeler trat mit einem Bein ins Boot, das heftig zu schaukeln anfing. Dann stieg er ganz hinein, kniete sorgfältig nieder und legte die Hand auf den nassen Männerrücken.

»Er atmet noch«, sagte er, »wenn auch schwach.«

Die beiden Sanitäter trugen weiße Berufskombis, die irgendwie endgültig wirkten. Die Bahre hatten sie auf den Treidelweg gestellt. Sie standen da, schauten auf das Boot, auf den alten Mann, der drauf lag. Offensichtlich wußten sie nicht recht weiter.

»Einer muß ins Wasser«, sagte der ältere, »sonst kriegen wir ihn nicht an Land. Vielleicht Sie?« Er schaute zu Hunkeler, der in Badehosen danebenstand.

Hunkeler ließ sich hinabgleiten, bis seine Füße den kühlen Sand berührten. Es war die Stelle, an der sich an warmen Nachmittagen manchmal die Aale ringelten, vermutlich liebten sie die Sonne. Jetzt war der Sand leer, er spürte ihn zwischen den Zehen durchdrücken. Als er zum Boot watete, dorthin, wo der fremde Kopf lag, reichte ihm das Wasser bis zur Brust. Er packte einen Oberarm, dann den andern, er riß mit aller Kraft daran, zog den Oberkörper vom Boot, so daß der Kopf an seiner Brust zu liegen kam. Er betrachtete kurz die Glatze, es waren Leberflecken.

Auch der Holländer war ins Wasser gestiegen. Er hatte einen Arm um die fremden Knie geschoben und sich die Beine auf die rechte Schulter gelegt. So stießen sie den Mann die Böschung hinauf, keuchend und nach Halt suchend im Wasser, das hier nur langsam floß. Der Körper war unglaublich schwer. Jetzt lag er da, seltsam verrenkt im Sonntagsanzug, ein Wassertier, das nicht recht aus dem Wasser wollte und auch nicht an Land.

Der ältere Sanitäter beugte sich nieder, legte eine

Hand auf den nassen Rücken. »Der lebt ja noch«, sagte er, plötzlich erschrocken. »Los jetzt, komm.«

Gemeinsam mit dem Kollegen packte er den Mann. Sie hoben ihn hoch – wie ein Stück Wäsche, dachte Hunkeler –, sie drückten ihm die flachen Hände auf den Rücken, preßten aus Leibeskräften, bis Wasser aus dem Mund floß, schubweise. Dann versiegte es. »Vielleicht hat er künstliche Zähne«, sagte der Holländer, »und er erstickt.«

»Blödsinn«, sagte der Sanitäter, »der erstickt nicht. Das Wasser muß ausfließen können. Das ist das Wichtigste, verstehen Sie?«

Sie legten ihn auf die Bahre, Bauch nach unten.

»Da oben haben wir Sauerstoff.« Der Sanitäter zeigte auf den wartenden Notfallwagen, dessen Blaulicht sich immer noch drehte. »Der bringt ihn ins Leben zurück. Was meinen Sie, was wir schon alles zurückgeholt haben aus dem Reich des Todes!« Er lächelte kurz, fast schmierig. »Herzbaracken schwersten Kalibers, Unfallopfer, die schon fast alles Blut verloren hatten, Selbstmörder mit zertrümmertem Skelett. Wir sind die Schutzengel.« Jetzt grinste er richtig. »Wir bringen die Sterbenden ins Leben zurück.«

»Moment«, sagte Hunkeler und kniete sich nieder.

»Halt«, sagte der Sanitäter, »stop! Rühren Sie diesen Mann nicht an.«

Hunkeler schaute schräg nach oben. Er blinzelte, die Sonne blendete ihn. »Sie tun Ihre Pflicht«, sagte er, »und ich tue meine. Einverstanden? Ich bin Polizist.«

Der Sanitäter zögerte. Dann: »Kann ich bitte Ihren Ausweis sehen?«

Hunkeler zeigte auf seine Badehose. »Wo soll ich ihn haben? Vielleicht hier drin? Ich heiße Hunkeler. Das hier ist übrigens seine Brille.«

Der Sanitäter nahm sie, klappte sie zusammen und steckte sie ein. Unschlüssig schaute er zu, wie Hunkeler dem Mann in die innere Rocktasche griff und eine Brieftasche herausholte. Dann hoben die beiden Sanitäter die Bahre an, trugen sie auf die Fahrstraße hinauf und schoben sie in den Sanitätswagen. Die Tür schloß sich, das Auto fuhr weg.

Hunkeler schaute ins Wasser. Im Sand war deutlich seine Spur zu sehen, hingezeichnet auf den gewellten Boden, die Zehen, die Fußballen, die Fersen. Er drehte den Kopf zum Badehaus hinüber. Dort stand André, reglos, ein kräftiger, braungebrannter Mann in Leopardenhose.

»Sie sind naß geworden«, sagte er zum Holländer, der versuchte, eine Zigarette aus der Schachtel zu klopfen. »Das tut mir leid.«

»Warum? Das soll Ihnen nicht leid tun.« Er warf die Zigaretten ins Wasser. »Die sind kaputt.«

»Ich habe meine drüben in der Garderobe. Wenn Sie wollen, hole ich sie.«

»Nicht der Rede wert, danke.«

Gemeinsam schauten sie über das Wasser, auf die dunkelgrünen Linden gegenüber, die Giebel, die Häuser dahinter.

»Ein schöner Fluß hier oben«, sagte der Holländer. »So müßte er sein bis unten, wo er ins Meer fließt.«

»Er tut mir sehr leid. Ich meine den alten Mann. Ich frage mich, warum ich nicht sogleich hinausgeschwommen bin, um ihn zu holen.«

»Bitte keine Eigenbeschuldigung. So sagt man doch, oder?«

»Sie meinen Selbstvorwürfe«, meinte Hunkeler.

»Das ist immer so, daß man sich Selbstvorwürfe macht«, sagte der Holländer, »wenn sich jemand umbringt. Aber es ist sinnlos. Selbstmord ist ein Menschenrecht. Oder meinen Sie nicht? Allerdings, zuschauen kann man auch nicht, wie jemand ertrinkt.«

»Ich habe zugeschaut«, sagte Hunkeler, »und jetzt fühle ich mich mies.«

Er öffnete die Brieftasche. Sie war aus feinem, schwarzem Leder. Ziegenleder, dachte er, wie das früher Brauch war, geschenkt zu Weihnachten, eingepackt in rotes Seidenpapier mit grünen Tannenzweigen und Kerzen drauf, verschnürt mit gelber Papierschnur.

Sein Blick fiel auf das Foto eines jungen Mannes. Breite Schultern, kräftiger Hals, das Gesicht einigermaßen grob, die Augen hell. Beidseits der Nase waren knapp einige Leberflecken zu sehen. Das Haar gekraust, ziemlich kurz, im linken Ohr ein kleiner Ring.

Er schob das feuchte Foto zur Seite, suchte und fand einen Ausweis. Er zeigte das Gesicht des Mannes, der soeben fortgefahren worden war. Weißes Hemd mit Krawatte, der Hals auffallend dürr, das Gesicht kräftig und trotz des hohen Alters lebendig und frisch, die Augen hinter der Hornbrille schienen zu lachen. Glatze, die Haare seitlich lang und strähnig. Schwache Leberflecken auf der Stirn.

Der Mann hieß Freddy Lerch, gebürtig aus Barzwil im Kanton Solothurn, Augen und Haare braun, Größe 1,82, geboren am 1. Februar 1916.

Oben auf der Fahrstraße hielt das Polizeiauto an. Der Fahrer – es war Korporal Lüdi – schaltete das Horn aus, das Blaulicht ließ er weiterdrehen. Es stiegen aus Haller mit der geschwungenen Luzerner Pfeife und Detektiv-Wachtmeister Michael Madörin. Sie schauten flußabwärts, wo die weißen Hotelschiffe lagen. Dann kamen sie herunter auf den Treidelweg.

»Was machst denn du hier?« fragte Madörin.

»Urlaub«, sagte Hunkeler und versuchte zu lachen, obschon es ihm überhaupt nicht zum Spaßen war. Aber so war das eben bei der Polizei: nur keine Menschlichkeit vortäuschen!

»Es ist zum Kotzen«, sagte Madörin, »wo man hinkommt, hockt schon der Hunkeler und räumt auf.« Er kratzte sich am Hals, lockerte den Kragen. »Die einen schuften sich bei der größten Hitze kaputt, die andern genießen das Strandleben. Was hast du da in der Hand?«

»Diese Brieftasche«, sagte Hunkeler, »habe ich aus der Rocktasche des Mannes genommen, den sie soeben weggefahren haben. Zuhanden des Piketts, wie es sich gehört.«

Madörins Blick wurde giftig. »Hast du hineingeschaut?«

»Flüchtig. Ein flüchtiger Blick.«

»Das gehört in meine Kompetenz«, sagte Madörin und steckte die Brieftasche ein. »Von mir aus kannst du dich krebsrot braten lassen und Abend für Abend unter kühlen Laubbäumen literweise Bier in dich hineinschütten. Aber laß die Hände weg von diesem Fall.«

Hunkeler schaute flußabwärts, wo das Basler Dybli – ein grün bemaltes nostalgisches Ausflugsschiff – unter der Dreirosenbrücke auftauchte. »Ihr habt euch ja ziemlich Zeit gelassen.«

»Hör auf, ja?« Das kam jetzt richtig böse. »Wir fahren von Notfall zu Notfall, weil bei dieser Hitze die Leute durchdrehen. Und am Nachmittag soll es noch heißer werden. Du weißt, was das bedeutet. Also sei bitte ein bißchen kollegial.«

»Es tut mir leid«, sagte Hunkeler. »Was ich gesehen habe, hat mich ziemlich geschafft.«

»Du und geschafft«, sagte Haller, »was ist denn passiert?«

»Der Mann ist hinuntergesprungen, dort oben von der Brücke. Mit einem Schrei. Dann ist er beinahe ertrunken.« Er zeigte auf den Holländer, der freundlich lächelte. »Er hat ihn herausgefischt. Dann hat ihn die Sanität geholt.«

Haller nahm die Pfeife aus dem Mund, betrachtete

nachdenklich den erloschenen Tabak darin, preßte sanft den Daumen darauf. »Und warum hast nicht du ihn herausgefischt?«

Hunkeler schwieg.

»Nimms nicht zu schwer«, sagte Madörin und hielt ihm seine Zigaretten hin. »Da, rauch eine.«

Hunkeler nahm sich eine, ließ sich Feuer geben, zog tief den Rauch hinunter. Von was hätte er reden sollen? Vom freien Willen? Von der Sehnsucht zu sterben?

Madörin wandte sich zum Holländer. »Wie heißen Sie?«

»Veit Flammers. Aus Leiden. Ich arbeite auf dem Schiff dort unten.«

»Er ist übrigens freiwillig gesprungen«, sagte Hunkeler. »Er hat mitten im Sprung geschrien. Aus Angst.«

»Gopferdammich«, sagte Haller. »An einem so schönen Sommermorgen.«

Die Big-Ben-Uhr schlug zehn, als Hunkeler ins Badehaus zurückkam. Üble, widerliche Schläge, wie er fand, die Heimeligkeit, betuliche Wohlhabenheit vorspiegelten.

Frau Lang hatte das Schiebefenster des Kiosks hochgezogen. Nußgipfel lagen da, Kuchenstücke mit Erdbeeren drauf und Sahne, Mohnbrötchen mit Wurstscheiben dazwischen. Es duftete nach frischem Kaffee. Er nahm eine Tasse, stellte sie unter den

Hahn der Thermosflasche, drückte auf den Deckel. Er machte das wie jeden Morgen, und wie jeden Morgen rann der Kaffee heraus.

»Was war das für ein Mann?« fragte Frau Lang.

»Ein gewöhnlicher alter Mann.«

»Haben Sie ihn springen sehen?«

»Ja.« Er goß Milch in die Tasse, fingerhoch.

»Wo ist er jetzt?«

»Er liegt im Spital.«

»Und? Ist er tot?«

»Ich glaube nicht.«

Er nahm einen Schluck. Das tat ihm gut, wie jeden Morgen. »Das ist eine Geschichte«, sagte sie. »Warum springt ein alter Mann von der Brücke? Wenn ihm die AHV nicht gereicht hat, so hätte er doch Ergänzungsleistungen beantragen können. Die bekommt heute jeder, der sie nötig hat. Basel ist doch eine soziale Stadt, oder nicht?«

Hunkeler nickte und trat einen Schritt zurück, denn Werner war aufgetaucht, ein pensionierter Tramführer, der die Gewohnheit hatte, auf Handbreite an seine Gesprächspartner heranzukommen.

»Was ist eigentlich passiert?«

»Ich weiß es nicht«, sagte Hunkeler, unfreundlich, schroff. Er wollte jetzt allein sein.

Drüben bei den Bänken setzte er sich, Tasse auf dem Tisch, Beine auf der Bank, Rücken am Holz, und schaute hinaus. Dieses Bild, dachte er, wunderbar. Der grüne Fluß, die Enten unten in der leichten Strömung, die Linden gegenüber, sattgrün, die Brükke rechts oben mit den Autos in beiden Richtungen. Dahinter das Münster über dem Rheinbogen, darüber die Hügel des Juras, dunkel bewaldet, und über allem der blaue Himmel. Was für ein liebes Leben! Aber was wollte der Tod mittendrin?

André kam heran, stellte sich vor ihm auf, ein Flakkern in den Augen. »Hast du gesehen? Die sind erst nach einer halben Stunde gekommen.«

»Wer?«

»Die Rheinpolizei.« Er zeigte flußabwärts zum Polizeischiff, das unter der Dreirosenbrücke eine Kurve fuhr. »Das sind die größten Schlawiner. Erst mußten sie ums Verrecken ein größeres Boot kaufen, niemand weiß warum. Und dann merken sie, daß das alte Bootshaus zu klein ist und ein größeres her muß. Und wer bezahlt das alles? Wir, die Steuerzahler.«

Er setzte sich, er mußte sich etwas von der Seele reden.

»Und wenn man sie braucht, hocken diese Kummerbuben in irgendeiner Beiz und trinken Kaffee. Das geht doch nicht, daß die eine halbe Stunde brauchen, wenn jemand ertrinkt.«

Hunkeler schaute in die Sonne: ein rotes, grelles Flimmern. »Wir haben ihn ja auch nicht herausgeholt.«

»Was ist los mit dir?« André wurde plötzlich wütend. »Er war zu weit draußen, das weißt du genau.«

»Mir ist heiß«, sagte Hunkeler, »ich gehe in den Bach.«

Er erhob sich, spuckte hinunter aufs Wasser, wo die Enten paddelten, und trat auf die Fahrstraße hinaus. Es war ein normaler Junimorgen. Heiß, aber noch nicht unangenehm. Hier unten am Fluß fuhren nur wenige Autos. Eine alte Frau kam ihm entgegen, einen dicken Dackel an der Leine führend. Eine Mutter schob einen Kinderwagen. Der Maler in der Werkstatt neben der Trattoria Donati hatte Tür und Fenster aufgesperrt, ein italienischer Schlager war zu hören. Das Rheinbord war voller Blumen, die aus den Fugen zwischen den Kalkbrocken herauswuchsen. Ein paar Schmetterlinge flatterten, Spatzen hüpften herum. Bei der Anlegestelle der Fähre warteten Kinder, die auf einer Schulreise waren. Sie schauten neugierig, fast bewundernd dem älteren Mann zu, der mitten in der Stadt Basel in Badehosen an ihnen vorbeiging, sich weiter oben bis zu den Knien in den Fluß stellte und hineinsprang.

Gegen Abend des gleichen Tages fuhr Hunkeler mit seiner Freundin Hedwig ins Elsaß. Die Hitze hatte von der Stadt Besitz ergriffen, von der Luft, von den Mauern, vom Asphalt, ein brennendes Tuch, das die Menschen unentrinnbar umhüllte. Er hatte ihr zu entkommen versucht, indem er sich in seiner Altwohnung bei geschlossenen Fenstern aufs Bett gelegt hatte, reglos abwartend, bis der Schlaf ihn aufnahm. Das war auch geschehen, für eine halbe Stunde war er eingenickt. Dann aber war er erwacht, jäh wie aus einem Angsttraum, obschon er sich an nichts dergleichen erinnern konnte. Er war schweißnaß, wie gelähmt an Gliedern und Geist. Er blieb noch eine Weile liegen, starr wie eine Leiche im Sarg. Dann fiel ihm der alte Mann ein, der Flattermann zwischen Brücke und Wasser.

Er hatte in die Badewanne kaltes Wasser laufen lassen und hatte sich hineingelegt, bis er abgekühlt war. Er hatte im Tonkrug Schwarztee aufgegossen und drei Tassen getrunken. Und er hatte nachgedacht.

Jetzt saß er im Stau vor dem Grenzübergang Bachgraben. Die Kolonne rollte im Schrittempo, Autos von Grenzgängern mit den schwarzen Elsässer Nummern. Niemand hupte, niemand fluchte oder verwarf die Hände. Die Fahrer waren den Stau gewohnt, und offenbar freuten sie sich, in ihre Dörfer zurückfahren zu können.

»Heute«, sagte Hedwig, »heute habe ich wieder einmal meinen Beruf verflucht. Kindergärtnerin! Das tönt nach Karotten und Bohnen im kühlen Garten. Und dabei hocke ich mitten in der Hexenküche. Albanische Kinder und türkische Kinder und portugiesische Kinder. Keines kann Deutsch. Aber alle drehen durch bei dieser Hitze und bekriegen sich wie im richtigen Leben. Und ich mittendrin, tropfnaß und mit Blei in den Gliedern. Oberrheinische Tiefebene, ha!« Sie verwarf die Hände. »Dreieckland, alemannische Region, Schwestern und Brüder! Ein Dampfkessel ist das, und mittendurch geht die Völkerwanderung mit Schwert und Spieß.«

Er schaute zu, wie sie sich den Schweiß abwischte, erst über der Brust, dann im Nacken und in den Achselhöhlen.

»Entschuldigung«, sagte sie, »du kannst mir nicht folgen, nicht wahr?«

»Doch«, sagte er. »Apropos Völkerwanderung. Im Münster liegt ein Bischof begraben, der wurde von den Hunnen erschlagen. Das steht auf einer Tafel neben seinem Sarkophag.«

»Ein kühler Steinsarkophag, das wärs«, sagte sie. Sie lachte plötzlich. »Die Hitze drückt mir auf den Geist, und ich rede Unsinn. Wie geht es denn dir, mein Freund und Helfer? Hast du einen angenehmen Urlaubstag verbracht?«

»Hör auf.«

Er lächelte matt. Dann legte er ihr die Hand in den Nacken, streichelte sie.

Als er nach Hésingue den Hügel hochfuhr, wehte Kühle herein. Sie war fast mit Händen zu greifen, sie legte sich ins Haar, auf die Haut. Nach wenigen hundert Metern öffnete sich oben die weite Sundgauer Landschaft. Maisfelder, kilometerweit, hin und wieder ein Stück Laubwald, ein Kirchturm über Obstbäumen. Im Süden der dunkle Jura, im Rückspiegel der Schwarzwald.

»Wir fahren zu Jaeck«, sagte er, »wenn es dir recht ist. Und dort will ich dir etwas erzählen.«

»Jaeck«, sagte sie, »ist mir immer recht. Und wenn du mir etwas erzählen willst, so fang an.«

Er bog ab in Richtung Folgensbourg, rollte mit neunzig über die sanft geschwungene Straße, schaute übers offene Feld. Da fiel ihm ein Satz ein, den sein Vater gesagt hatte, vor Monaten (oder war es vor Jahren gewesen?), als sie zusammen hier durchgefahren waren. Das sieht hier aus wie ein großer, schöner Park. So hatte der Satz gelautet.

Er zündete sich eine Zigarette an, hustete. Dann fing er an zu erzählen, was er am Morgen am Rhein erlebt hatte. Er berichtete vom Schrei, vom flatternden Vogel, vom Aufklatschen auf dem Wasser. Vom Auftauchen des Kopfes, vom Winken des Arms. Vom Holländer im Boot, der den alten Mann herangerudert hatte, seltsam verrenkt. Von der Brille, von den Leberflecken, auch vom weißen Hemd mit der violetten Seidenkrawatte.

»Am Nachmittag bin ich eingeschlafen«, erzählte er. »Plötzlich bin ich erwacht. Es war wie ein Auftauchen aus einem tiefen Brunnen, von dem ich gar nicht gewußt habe, daß es ihn gibt. Das war fast schmerzlich, das hat mich verstört. Verstehst du mich?«

»Das war eine Begegnung mit Seiner Majestät, dem Tod«, sagte Hedwig. »Wer von ihm angehaucht wird, ist geschockt. Das ist normal.«

»Hör auf«, sagte Hunkeler. »Ich frage mich, warum ich dir das alles erzähle, wenn ich als Antwort so plattes Zeug zu hören bekomme. Oder soll diese Majestät etwa ein Trost sein?«

»Nein, da gibt es keinen Trost.«

Er ging auf fünfzig zurück, rollte hügelan durchs Dorf. Zuoberst vor dem Restaurant Aigle parkte er.

»Ich ertrage das nicht«, sagte er, als sie ausgestiegen waren. »Ich hätte ihn nämlich herausholen können, wenn ich das unbedingt hätte tun wollen. Warum habe ich es nicht getan? Weißt du es?«

»Ja.« Sie nahm den Kamm aus der Tasche, kämmte sich, betrachtete sich im Taschenspiegel. »Wie sehe ich aus?«

»Du machst mich wahnsinnig«, schrie er. Er spuckte auf den Boden, hob den Blick zur niederen Sonne: ein mattes Flimmern.

»Entschuldigung. Ich will dich nicht anschreien. Sondern ich will einen freundlichen Abend mit dir verbringen. Und übrigens schaust du aus wie immer, nämlich unverschämt gut für dein Alter.«

»Herrgott«, sagte sie, »wie konnte ich mich bloß in einen solchen Rüpel vergaffen.«

Sie ließ ihn stehen, stieg die drei Sandsteinstufen hoch und verschwand in der Wirtschaft. Er schüttelte den Kopf, setzte sich auf die Bank vor dem Haus und wartete, bis er sich beruhigt hatte. Eigentlich ein schöner Ausblick, diese Sicht auf den Jura, auf die Stadt Basel links unten mit den weißen Fabrikbauten. Angenehm die Luft. Und ringsum lag tatsächlich so etwas wie ein großer, schöner Park.

Als er den Wirtsraum betrat, saß Hedwig am Tisch rechts hinten neben Kurt Wiemkens Bild mit dem onanierenden Clown. Sie hatte die Speisekarte vor sich, lächelte vergnügt.

»Unglaublich«, sagte sie, »wie kühl es hier ist. Setz dich und rede mit mir ein vernünftiges Wort.«

Sie bestellten Schweinebraten mit Pommes frites und Salat, dazu eine Flasche Beaujolais und Mineralwasser.

»Die Wahrheit ist nämlich«, sagte sie, »daß du nie über den Tod deines Vaters hinausgekommen bist. Und übrigens auch nicht über den Tod deiner Mutter. Du hast mir jedenfalls nie ein Wort darüber gesagt. Deine Mutter ist doch auch nicht auf eine normale Art gestorben. Oder wie war das?«

Er fühlte eine Hitze in sich aufsteigen, bis hinauf in den Kopf.

»Was heißt hier normal?«

»Die meisten Menschen sterben, weil sie nicht mehr leben können, weil in ihrem Körper irgend etwas kaputt ist. Andere sterben, weil sie nicht mehr leben wollen.«

»Der Tod meiner Mutter gehört mir. Darüber rede ich nicht.«

Sie lehnte sich zurück, legte sich das Haar in den Nacken. »Siehst du. Du willst einfach nicht.«

»Meine Mutter«, sagte er, »ist krank gewesen. Deshalb hat sie nicht mehr leben wollen. Das stimmt.«

»Ach Gott«, sagte sie, »das gibts doch gar nicht. Du weinst ja.«

Sie legte ihm eine Hand auf den Unterarm, streichelte ihn, bis er ihn zurückzog. Er schüttelte den

Kopf, langsam, mehrmals hin und her, es war eher ein Wiegen. Dann schluckte er leer.

»Mein Vater war 84 Jahre alt, als er starb«, sagte er. »Ich habe dir gesagt, daß ich ihn im Spital besucht und noch mit ihm gesprochen habe.«

»Hat er nicht auch einen Schrei ausgestoßen, als er die Treppe hinunterfiel? Einen Schrei zwischen dem Augenblick, in dem er merkte, daß er sich nicht mehr hat halten können, und dem Moment, als sein Kopf aufschlug?«

Er nickte. »Ich habe ihm übrigens vergeben, damals im Spital, als er nichts mehr zu hören schien und röchelnd mit dem Tode rang. Ich habe ihm vergeben, vergeben!«

»Hör auf zu schreien«, flüsterte sie, »du vertreibst ja die Gäste.« Er spürte die plötzliche Stille im Raum, schaute sich um. Einige schauten herüber, besorgt, angewidert. Andere hielten den Kopf tief über den Teller gesenkt.

»Sag mir«, bat er, »was los ist.«

»Was soll denn schon los sein?« Sie redete langsam, leise, als wäre er krank. »Du weißt über vieles Bescheid, das stimmt. Nur über dich selber hast du keine Ahnung.«

Er hatte sich wieder gefaßt. »Ach dieser Stumpfsinn. Diese billige Feld-Wald-und-Wiesen-Psychologie.«

»Es ist die Wahrheit.«

Frau Jaeck brachte den Wein, schenkte ein, wartete, bis er probiert hatte. Sie sagte kein Wort.

»Schau dir diesen Clown an«, flüsterte er und zeigte auf das Bild an der Wand, »wie er dahockt, einsam, traurig. Er weiß nicht, warum er dahockt und was das alles soll. Schau seinen Penis an, wie er ejakuliert. Einfach so ins Leere hinein. Was soll das? Weißt du es?«

»Hör mal«, sagte sie, »du bist ja tatsächlich geschockt.«

Er nahm sein Glas, trank es in einem langen Zug aus, und sie schenkte ihm nach. Dann lehnte er sich zurück, um Platz zu machen für Frau Jaeck, die die Schüsseln mit dem Braten und den Pommes frites auf den Plattenwärmer stellte.

»Irgendwoher«, sagte Hedwig, während sie sich zwei Scheiben Fleisch auf den Teller legte, »irgendwoher muß der Mensch ja kommen. Und irgendwohin muß er wieder gehen. Und es gibt keine guten Eltern und keine guten Kinder. Es gibt nur schlechte. Aber alle machen es so gut, wie sie es machen können. Glaubst du nicht, daß das die Wahrheit ist?«

»Ich habe zu essen und zu trinken«, sagte er, »und zwar nicht zu knapp. Das übrige kann mir egal sein. Meinst du das?«

Hedwig aß. Sie schmatzte, es schmeckte ihr, und sie schenkte sich ein zweites Glas nach. »Du bist einfach ein sturer Aargauer Bock, dem nicht zu helfen ist. Das ist das, was ich wirklich meine, wenn du es genau wissen willst.«

Und nach einer Weile: »Wie heißt er übrigens?«

»Freddy Lerch.«

Als es dämmerte, saß er hinter seinem Haus in der Wiese und hörte den Vögeln zu. Einer Amsel auf dem Dachfirst links, einem Hausrotschwanz auf dem Birnbaum, einem gurrenden, knarrenden Star auf der Pappel gegenüber. Dazwischen feines Zwitschern und Flöten von allerlei Schnäppern und Meisen und Finken, das Zirpen der Grillen, der Garten war belebt. Dann das vertraute Schnarchen Hedwigs, das aus dem offenen Fenster in seinen Rücken drang, ruckartig einsetzend, sich steigernd zum pfeifenden Fortissimo und ebenso plötzlich wieder aussetzend, auch das Haus war belebt.

Was er sah, die sanft belaubten Stämme, die aus dem Strunk der alten Korbweide aufragten, die Erlen und Eschen im Hag, der zierliche Zwetschgenbaum in der Mitte der Wiese, das alles gefiel ihm gut. Und die Kühle, die aus dem immer noch feuchten Lehmboden aufstieg, beruhigte ihn vollends.

So hatte er vor Jahrzehnten mit seinem Vater zusammen gesessen, abends bei einbrechender Dunkelheit, in Einsamkeit vereint, die Mutter war längst gestorben. Sie hatten nach hinten zum Brunngraben geschaut, zum dunklen Wald, stumm, sie konnten nicht mehr miteinander reden. Sie schwiegen auch, wenn die Wildenten zum Weiher flogen, um dort zu schlafen. Sie hörten beide das Rauschen der Flügel in der Abendluft, sie schauten kurz hoch, ob sie das sich verschiebende Dreieck der Vögel erkennen konnten. Meist sahen sie es nicht, die Enten flogen zu schnell. Aber beide wußten, was der andere dachte.

Er konnte nicht mehr mit seinem Vater reden, es ging einfach nicht. Sie hatten sich wohl noch unterhalten, wenn sie sich trafen, freundlich auf Abstand bedacht, das Schreien war sinnlos geworden. Aber ein richtiges Gespräch von Vater zu Sohn oder von Sohn zu Vater hatte es nicht mehr gegeben. Die Wunden saßen zu tief und durften nicht berührt werden, die Wunden, die die tote Ehefrau und Mutter gerissen hatte.

Erst als der Vater im Spital lag – das Bild war in dieser Dämmerung so nahe, daß Hunkeler es hätte mit Händen berühren können, wenn er gewollt hätte, aber er wollte nicht –, als der alte Mann dalag auf dem Sterbebett, Schläuche in Nase und Vene, der Schädel knochig und riesengroß wie bei einem Säugling, die Augen offen, aber blind, der Mund aufgesperrt, zäh nach Atem ringend; als die fremden und plötzlich doch ungemein vertrauten Vaterglieder, die knochigen Hände, die dürr unter dem Nachthemd hervorgestreckten Zehen da einen Meter vor Hunkeler auf dem weißen Laken ausgebreitet waren, konnte er das Wort an ihn richten. Er legte eine Hand auf die fiebrige Stirn – es war die linke, die Mutterhand, das wußte er noch genau –, behutsam, denn der Schädel war verletzt. Er ließ die Hand liegen, mehrere Sekunden lang, um die Beziehung zum Geist, der immer noch im Schädel hockte, aufzunehmen. Und was er sprach, war ein Segen.

Plötzlich schüttelte es Hunkeler, er merkte, daß er schlotterte, die Kühle des Bodens war in ihn hineingekrochen. Er griff sich den Pullover auf der Bank, legte ihn sich über die Achseln, zog ihn vorne am Hals zusammen. Ein wohliges Gefühl, wie eine Dekke. Das Schnarchen in seinem Rücken hatte ausgesetzt. Der Himmel war dunkel geworden, Sterne hingen darin, ein Lichtermeer. Eine Fledermaus huschte durch die durchsichtige Schwärze, lautlos, als hätte es sie gar nicht gegeben.

Als Hunkeler am andern Morgen rheinaufwärts spazierte, schlug es von der Martinskirche zehn. Erst die Viertelstunden, viermal die obere Terz, dann zehnmal den Grundton, ehern gehämmert. Die zehnte volle Stunde, sechzig Minuten, dreitausendsechshundert Sekunden, abgegrenzt und herausgerissen aus dem Tag, in der modernen Stadt Basel öffentlich bekanntgemacht durch mittelalterliche Glocken. Seltsam, dachte er, dieser Atavismus der Zeitrechnung, und irgendwie beruhigend. Zwölf Stunden, zwölf Monate, und doch hat man zehn Finger.

Freddy Lerch, dachte er, wie gehts dir denn? Liegst du im neuen Spitalgebäude oben, mit Schläuchen in Nase und Vene, ringst du mit aufgesperrtem Mund um Atem? Steht dein Sohn neben dir, mit dem du seit Jahren nicht mehr geredet hast, der dir aber jetzt seine Hand auf die Stirne legt? Hast du die zehn Schläge mitbekommen? Oder hast du das Zeitliche gesegnet? Er kam am Bootshaus der Rheinpolizei vorbei. Ein großes, schweres Gebäude, auf schwimmenden Lufttanks ruhend, gebaut für die Ewigkeit; ein starkes Kampfschiff behütend, dessen Motor jäh aufheulen, dessen Schrauben gewaltige Wellen, Enten und Schwänen das Fürchten lehrend, ins Wasser drehen konnten. Er grinste, hämisch und bitter.

Beim Anlegeplatz wartete er auf die Fähre, die mitten im Strom schwamm, schräg am Drahtseil reißend, das oben an der Rolle hing. Sie näherte sich, ruhig, gemütlich. Kurz vor dem Steg drehte sich das Steuerruder parallel zur Strömung. Der Kahn glitt heran, der Fährmann kam nach vorn, stemmte sich gegen den Steg und bremste den Aufprall ab. Hunkeler stieg ein, setzte sich, klaubte das Fahrgeld aus der Tasche der Badehose. Seltsam, dachte er, auf dem Wasser oder im Wasser, das spielt keine Rolle. Hauptsache: Wasser. Der Mensch ist eine Amphibie. Erst schwimmt er im Fruchtwasser, dann wird er ans Trockene gepreßt und lernt mühsam das Atmen und das Kriechen. Später folgt der aufrechte Gang. Aber was solls? Es zieht ihn ins Wasser zurück, und sei es mit einem Sprung von der Brücke.

Vor Jahren, das kam ihm jetzt unaufhaltsam in den Sinn, vor Jahrzehnten war er über den Rhein gegangen neben einem Mädchen, das ihm soeben gesagt hatte, daß sie ihn nicht liebe. In jungen Jahren war das gewesen, dort oben auf der Mittleren Brücke, über die träge der Verkehr rollte. Er hatte das zur Kenntnis genommen, sachlich und kühl, er hatte es schon lange gewußt. Er war an das steinerne Geländer getreten, flußabwärts war es, und hatte ins Wasser geschaut. Soll ich oder soll ich nicht? hatte er sich gefragt, und schon hatte er den Moment, den endgültigen Augenblick des Absprungs verpaßt.

Merkwürdig, was ihm alles in den Sinn kam seit gestern, als er den alten Mann fallen gesehen hatte. Eine gute Erinnerung, die vom Mädchen und der Brücke. Und im Grunde dumm. Denn selbstverständlich wäre er nicht ertrunken, er wäre wieder aufgetaucht und wohl oder übel ans Ufer geschwommen. So leicht entkommt man diesem Leben nicht.

Er schaute zu, wie der Fährmann das Drahtseil auf die rechte Seite legte, nach hinten ging und das Steuerruder gegen die Strömung stellte. Das Seil spannte sich, die Rolle oben fing an zu laufen. Das Schiff glitt über das Wasser, kräftig und schön.

Drüben stieg er aus und ging flußaufwärts. Er kam an einem jungen Mann vorbei, der auf einer Treppenstufe saß und sich an einer Folie zu schaffen machte, entschlossen und konzentriert. Er zündete ein Streichholz an, hielt die Flamme darunter, beugte sich vor und schnüffelte. Hunkeler war stehengeblieben und hatte zugeschaut, hilflos bereit zu einem Gespräch übers Wetter oder so, was der junge Mann überhaupt nicht zur Kenntnis nahm.

Beim Hotel Krafft stieg er zum Wasser hinunter. Er wußte, daß er vorsichtig sein mußte, denn oben auf der Straße war der Treffpunkt der Szene, und niemand konnte sicher sein, ob nicht eine gebrauchte

Spritze im Wasser lag, kaum sichtbar zwischen den Kieseln. Er hatte zwar noch nie eine gesehen, und im Grunde vertraute er auf die Vernunft des fixenden Volkes.

Jetzt stand er bis zu den Knien im Fluß, die nasse Kühle an den Füßen, die vertäuten Weidlinge vor sich, drüben die Großbasler Front, die sich gewaschen hatte – das mußte er neidlos zugeben –, rechts die Mittlere Brücke, links das rote Münster. Er wartete, bis ein leerer Tanker vorbeigefahren war, dann sprang er hinein.

Und wieder packte ihn das kurze Erschrecken vor dem Unbekannten, das Staunen über den fast fugenlosen Übergang vom Vertrauten ins Unvertraute, die Freude über die plötzliche Kühle, über das Aufgehobensein in der Schwebe, im Fließen. Er behielt den Kopf möglichst lange unter Wasser, die Kraft des Absprungs ausnützend, er öffnete die Augen und sah trübe Steine vorbeigleiten. Dann hob er den Kopf, er mußte aufpassen auf die Ketten, an denen die Weidlinge hingen.

Er schwamm unter dem zweiten Brückenbogen durch, auf dem Rücken treibend, Blick nach oben, Ohren im Wasser, er hörte das Sirren des bachab schwimmenden Tankers, das Geschiebe der Kiesel auf dem Grund. Ein Baumstamm war er, fast leblos, der dem Meer entgegentrieb.

»Und?« fragte Frau Lang, als er sich beim Kiosk des Badehauses Kaffee einschenkte, »haben Sie etwas gehört?«

»Was gehört?«

»Von dem Mann, der gestern von der Brücke gesprungen ist.«

Er goß sich Milch in die Tasse. »Das ist nicht mein Fall. Ich habe Urlaub.«

Er trug die Tasse zum Tisch, setzte sich, Füße auf der Bank, Rücken am Holz, die Morgensonne auf dem Bauch. Er grinste. Das wäre noch schöner, wenn er sogar noch im Urlaub irgendwelchen Möchtegernselbstmördern nachrennen würde. Was stellten sich die Leute überhaupt vor? War er das Gewissen der Nation, trug er vielleicht sogar die Verantwortung für einen alten Mann namens Lerch, der aus unbekannten Gründen ins Wasser gesprungen war? Nein, er war ein simpler Beamter des Kriminalkommissariats, müde, abgestumpft vom Elend, das er in rund dreißig Jahren Polizeidienst gesehen hatte. Er hatte das wohlverdiente Recht, auszuspannen und sich von der Morgensonne bescheinen zu lassen.

Draußen fuhr der mit Kies beladene Frachter, der Kies-Ueli, flußaufwärts. So war das eben. Die Strömung schob den Kies während Jahrzehnten und Jahrhunderten und Jahrtausenden Millimeter um Millimeter flußabwärts Richtung Meer. Und der Kies-Ueli schob ihn dann wieder flußaufwärts.

Frau Lang stand an der Brüstung vor dem Kiosk

und warf Brotstücke hinunter. Die jungen Enten paddelten darauf los, packten die Brocken, versuchten sie zu verschlingen. Auf dem Rost drüben, wo die um diese Zeit noch leeren Pritschen lagen, stand Werner, der dunkelbraun gebrannte Rentner, in prallen Badehosen seine immer noch jugendlich wirkende Figur präsentierend, und schaute herüber. Offensichtlich überlegte er, herzukommen auf Handbreite und zu reden, über den Unglücksfall von gestern, über Gott und die Welt und die Wassertemperatur. Aber er getraute sich nicht, Hunkeler war ihm gestern zu schroff gekommen.

Dann trat André heran. Er setzte sich ohne zu zögern auf die Bank nebenan, er schaute mißmutig aufs Wasser hinaus, offenbar hatte er etwas auf Lager.

»Ich habe angerufen«, sagte er, »die wissen nichts von einem ertrunkenen Mann.«

»Wo hast du angerufen?«

»Im Kantonsspital«, sagte André und spickte die Zigarettenkippe ins Wasser, wo eine Ente drauflos huschte, den Stummel packte und wieder losließ.

»Die geben dir doch keine Auskunft. Du weißt ja nicht einmal seinen Namen.«

»Ich habe eine Bekannte«, sagte André, »die ist Oberschwester. Die arbeitet auf der Geriatrie. Die hat nichts gewußt.«

»Ach was. Geriatrie, das ist Unsinn. So einer kommt doch nicht auf die Geriatrie.«

»Ich habe die ganze Nacht kein Auge zugetan«,

sagte André und schaute Hunkeler direkt ins Gesicht, in den Augen ein rötlicher Schimmer. »Ich mache mir Vorwürfe. Warum hocken wir denn jeden Morgen da, wenn wir nicht einmal einen alten Mann herausholen können?«

»Hör auf, ja?« Hunkeler schrie es fast, so wütend war er plötzlich. »Ich will jetzt allein sein, verstehst du? Allein!«

Am Nachmittag gegen fünfzehn Uhr hielt er es nicht mehr aus. Er war, nachdem er ein zweites Mal den Bach hinabgeschwommen war, nach Hause gegangen, hatte sich aufs Bett gelegt und eingerollt und war sogleich weggetaucht. Als er erwacht war – wiederum kam er, wie ihm schien, aus einem tiefen, ihm unbekannten Schacht –, stieg er auf die Straße hinunter, ging durch die Mittagshitze die paar Meter zur Wirtschaft Sommereck an der Ecke vorn, setzte sich in den Garten und bestellte einen Wurstsalat und ein Mineralwasser. Hier war es merklich kühler als draußen auf dem Asphalt, die Kastanienbäume dämpften das Licht zum Dämmer. Es waren die üblichen Gäste da, Handwerker vor allem und Geschäftsleute. Einige kannte er. Aber er hatte sich nicht zu ihnen gesetzt, er wollte nicht reden.

Die Wand des Nachbarhauses war bemalt mit einer zwölf Meter breiten Ansicht des Urnersees, mit Wasser und Wald, das Rütli war zu sehen und der

39

Urirotstock. Ein See zum Hineinspringen, zum Hinabtauchen, zum endgültigen Verschwinden.

Er aß, er trank, es schmeckte ihm nicht. Er saß da, unzufrieden, dumpf brütend, er wartete auf einen Entschluß. Es fiel ihm ein, daß er den Leichnam seines Vaters nicht gesehen hatte. Er war zu spät ins Krankenhaus gekommen, erst 24 Stunden nach dem Eintritt des Todes. Der Arzt, den er hatte kommen lassen, hatte ihm erklärt, es sei ohne weiteres möglich, die Leiche zur Besichtigung zu präsentieren. Nur müsse man sie aus dem Kühlfach holen. Aber wenn er sie unbedingt sehen wolle, um von ihr Abschied zu nehmen, sei das durchaus zu machen.

Er hatte abgewunken. Und drei Tage später hatte er zugeschaut, wie ein lächerlicher Tontopf, in dem alles mögliche sein mochte, nur nicht sein Vater, in die Erde versenkt worden war.

Er blieb über eine Stunde in der Wirtschaft sitzen, bis er nicht mehr anders konnte und dem Entschluß, den er schon längst gefaßt hatte, nachgab. Er bezahlte, trat auf die Straße hinaus, ging am Brunnen auf der Kreuzung vorbei, höflich die drei alten Frauen grüßend, die dort in farbigen Sommerkleidern auf der Bank saßen. Er wanderte durch die lange, menschenleere Gasse, durch die einige Autos fuhren und sirrend ihre Reifen in den von der Hitze weichen Asphalt drehten, zweigte bei der Universitätsbibliothek nach links ab und erreichte das Kantonsspital. Ein Neubau, in den sechziger Jahren mit allen Schikanen gebaut, viel zu groß und zu teuer konzipiert in der Zeit des unbegrenzten Wachstumsglaubens.

Er brauchte anderthalb Stunden, bis er dort war, wo er sein wollte. Schon die Empfangsdame in der kühlen Halle – hinter riesigen Glasscheiben tropfte Wasser, wuchsen tropisch anmutende Pflanzen – versuchte, ihn abzuwimmeln. Nein, sagte sie, ein Patient namens Freddy Lerch sei nicht hier. Warum er ihn denn sehen wolle, wer er sei? – Ein guter Bekannter des Herrn Lerch, sagte er. – Es tue ihr leid, guten Bekannten dürfe sie keine Auskunft geben.

Er setzte sich in einen dieser Stahlrohrsessel, die mit hellem Leder bespannt waren, und zündete sich eine Zigarette an. Nebenan saß ein Greis mit bläulichem Gesicht, mühsam hustend. »Rauchen Sie ruhig«, sagte er, »es stört mich nicht mehr lange.«

Hunkeler drückte die Zigarette aus, erhob sich und ging nach vorn in die Notfallstation. Er zeigte dem Mann hinter dem Schalter seinen Ausweis und sagte: »Hier muß gestern kurz vor Mittag ein Mann namens Freddy Lerch eingeliefert worden sein. Wir haben ihn aus dem Rhein gezogen. Ich würde gern wissen, wie es ihm geht.«

Der Mann, jung, blond, mit einem rötlichen Schnauzbart, sagte: »Stimmt, ich bin hiergewesen. Aber ich weiß nicht, wo er jetzt ist.«

»Rufen Sie bitte den Arzt, der ihn aufgenommen hat.«

Der Mann steckte einen Zeigefinger ins linke Ohr,

schüttelte ihn, als ob er einen Wassertropfen hätte herausholen wollen.

»Warum? Es ist schon jemand hiergewesen von der Polizei. Es ist alles geregelt.«

»Wer ist hiergewesen?«

Der Mann blätterte in einem Papierstoß. »Michael Madörin. Er ist Detektiv-Wachtmeister.«

»Ich bin Kriminalkommissär«, sagte Hunkeler so brav, wie er nur konnte, »ich bin sein Vorgesetzter.«

Der Mann zuckte mit den Achseln. »Ganz wie Sie meinen.« Er steckte sich wieder den Zeigefinger ins Ohr, schüttelte ihn, nahm ihn wieder heraus und schaute traurig die Fingerbeere an.

»Jetzt rufen Sie bitte den Arzt«, sagte Hunkeler, »wenn Sie die Güte haben wollen, Ihren fetten Hintern zu bewegen.« Er versuchte zu lächeln, süß und fröhlich.

Der Mann lächelte zurück, wie Zucker. Dann runzelte er die Stirn, hob nach einer Weile gelangweilt den Hörer ab und verlangte einen Herrn Dr. Neuenschwander. Er zeigte auf einen Stuhl aus Stahlrohr, der mit Leder bespannt war. »Wenn Sie die Güte haben wollen, sich zu setzen, Herr Kommissär, und zu warten.«

Hunkeler setzte sich, wartete, schaute zu, wie eine Bahre hereingetragen wurde, auf der eine röchelnde Frau lag. Ein Mädchen wurde hereingeführt, mit verbundenen Händen, weinend, schreiend. Dann kam Dr. Neuenschwander, mit Stirnglatze und kühlem

Blick hinter dicken Brillengläsern, die seine Augen vergrößerten.

»Wer sind Sie? Was wollen Sie?«

Hunkeler zeigte seinen Ausweis, sagte etwas von Komplikationen, der Fall werde neu geprüft.

»Freddy Lerch«, sagte der Arzt, »ist heute morgen gegen ein Uhr gestorben. Wir haben ihn nach der Einweisung sofort an die Beatmungsmaschine angeschlossen und alles Nötige vorgekehrt. Leider vergeblich. Sein linker Lungenflügel ist beim Aufprall geplatzt. Auch der Schädel hat Schaden genommen. Genügt Ihnen das?«

»Hat er noch etwas gesagt?«

»Nein. Die Wahrheit ist, daß er nicht mehr zu Bewußtsein gekommen ist. Jetzt entschuldigen Sie mich bitte, ich habe zu tun.«

»Bitte«, sagte Hunkeler und faßte den Arzt beim Arm, eine Geste, die ihm auffiel, weil er sie selber nicht erwartet hatte, »ich möchte seinen Leichnam sehen.«

»Seinen Leichnam? Warum das? Glauben Sie mir nicht?«

»Doch«, sagte Hunkeler, und er merkte, wie er plötzlich verlegen wurde, »ich möchte mich von ihm verabschieden.«

»Sie sind doch Polizist.« Die Augen des Arztes wurden noch kühler. »Was soll denn das?«

Hunkeler sagte leise: »Sentimentalität.«

»Wers glaubt, wird selig«, sagte Dr. Neuenschwander. »Wenn Sie es unbedingt wünschen, bitte sehr.

Warten Sie hier. Schwester Pfeifer kommt Sie holen.«

Er verschwand grußlos hinter einer Milchglastür. Der Mann hinter dem Schalter grinste. Dann tauchte eine ältere Dame auf, mit energischen Augen.

»Kommissär Hunkeler?«

»Ja.«

»Kommen Sie mit.«

Sie fuhren mit dem Lift in den vierten Stock hinunter, gingen durch einen Gang, betraten einen Raum, in dessen Mitte ein Tisch stand. Darauf lag etwas, was mit einem Tuch bedeckt war. Es war plötzlich empfindlich kalt hier unten, Hunkeler fröstelte. Schwester Pfeifer trat an den Tisch, hob wortlos das Tuch hoch, und er sah den Kopf des toten Freddy Lerch. Augen geschlossen, ohne Brille, die Wangen eingefallen, der Mund ein schmaler Strich, wie geschrumpft, offenbar hatte ihm jemand die künstlichen Zähne herausgenommen. Auf dem Kinn Bartstoppeln, ein Zweitagebart. Die Stirn weiß, bläulich angelaufen, die Leberflecken waren genau zu erkennen. So sah der Tod aus (Seine Majestät, dachte Hunkeler), der sich einen alten Mann geholt hatte.

Es gab eine ganze Reihe Lerch im Basler Telefonbuch, und es gab zwei mit dem Namen Freddy. Der eine war Notar, Dr. jur., der war es wohl nicht. Der andere wohnte an der Lorbeerstraße 146.

Hunkeler stand in der Telefonkabine am Totentanz, das offene Telefonbuch vor sich. Lorbeerstraße, dachte er, die kannte er doch. Dort hatte er während seines Studiums einmal eine Mansarde gemietet gehabt. Ein altes Haus war es gewesen mit einer verlotterten Treppe. Unten drin hatte sich ein Spezereiladen befunden, von einer freundlichen Frau geführt. Die Harassen mit den Getränken hatte sie im Flur gestapelt gehabt. Und sie hatte nichts dagegen gehabt, daß er und seine Kollegen, wenn sie kurz nach Mitternacht hochgestiegen waren, ein paar Bierflaschen mitgenommen hatten. Die hatten sie oben ausgetrunken, bis zum Morgengrauen diskutierend und streitend, und am andern Morgen hatte er die leeren Flaschen zurückgebracht und bezahlt.

Die Telefonkabine war wie ein Ofen. Das Atmen fiel ihm schwer. Aber er senkte den Blick wieder, suchte noch einmal den Namen an der Lorbeerstraße. Dort war jetzt wohl eine Wohnung frei geworden, das Logis eines alten Mannes.

Hunkeler trat hinaus und wischte sich den Schweiß ab. Ein Brutofen war diese Stadt, sie brütete längst verloren geglaubte Erinnerungen aus.

Er stieg den Petersgraben hinauf, vorbei am Kantonsspital, in dessen Kühlraum ein Ertrunkener lag. Oben bog er rechts ab auf den ulmenbestandenen Petersplatz, auf dessen dürrem Rasen eine Türkenfamilie picknickte, spazierte dann durch die Mittlere Straße und setzte sich ins Auto, das vor seiner Wohnung stand.

Er fuhr nach Westen, der Birs entlang, die sich unter Erlen und Weiden durchs Juratal zog. Durch die Klus, die die Ebene vom Gebirge trennte, dem bewaldeten Berghang entlang, am Städtchen Laufen vorbei mit dem mittelalterlichen Tor. Rechter Hand waren zwei Steinbrüche in den Fels gerissen. Der Kalk leuchtete in der Sonne, ein rötlicher Schimmer. Ein langes Fabrikgebäude links, eine rostige Halle, in der eine gewaltige Stahltrommel lag. Dann wieder Wald, drüben am Hang eine schattige Weide.

Das Restaurant Bad stand gleich neben dem Stationsgebäude, wo der Weg nach Barzwil Dorf abzweigte. Hunkeler parkte, stieg aus und stellte sich an die Brüstung. Die Birs floß über Kiesel, handhoch, manchmal knietief, ein sauberes, kühles Wasser. In der Mitte lag eine Sandbank mit Grasbüscheln drauf, gelbe Schwertlilien, eine Weide, in deren Wurzelwerk ein roter Plastiksack leuchtete. Er überlegte sich, ob er hineinwaten sollte, erst über die nassen Kiesel, dann über den Sand. Sich mit der hohlen Hand Wasser in den Nacken träufeln, eine Schwertlilie pflücken, aber was hätte er mit der Blume anfangen sollen?

Er machte kehrt und betrat das Restaurant. Ein Gebäude aus der Zeit, in der Bahnlinie und Station gebaut worden waren, leicht muffig, angenehm kühl. Er setzte sich gleich links vom Eingang hin, bestellte ein Bier, betrachtete den fast leeren Raum. Nur neben der Theke saß einer am runden Tisch, ein alter Mann mit speckigem Lederhut, Brissago im Mund,

Schnapsglas vor sich. Er bewegte sich nicht, er schien zu schlafen.

Als die Serviertochter das Bier brachte, sagte Hunkeler: »Lerch ist ein Barzwiler Geschlecht. Oder nicht?«

Sie strich das Haar zurecht, begutachtete ihn kurz mit scheuem Blick, nickte: »Da oben im Dorf wimmelt es von Leuten, die Lerch heißen. Warum?«

»Ich suche einen Freddy Lerch.«

»Tut mir leid. Ich komme aus dem Elsaß, aus Kims. Fragen Sie den dort, das ist ein Hiesiger.«

Er schaute zum Mann hinüber mit dem Lederhut, zündete sich eine an, zog tief den Rauch hinunter. Dann erhob er sich, nahm sein Glas mit und ging hinüber.

Der Mann mußte über siebzig sein. Ein unrasiertes Gesicht, violette Äderchen an der Nase, dunkle Lippen. Das Weiß der Augen war gelblich angelaufen.

»Was«, sagte er, »was suchen Sie?«

»Freddy Lerch.«

»Warum?«

Eine Uhr schlug, sieben helle Schläge, auf Messingstäbe gehämmert, melodisch und sauber.

»Er ist mir abhanden gekommen«, sagte Hunkeler.

»Abhanden gekommen? So ein Blödsinn. Wer sind Sie überhaupt?«

»Ich wollte ihn besuchen, an der Lorbeerstraße. Er war nicht dort. Seine Wohnung ist nicht bewohnt.«

Der Mann kicherte. Es schüttelte ihn plötzlich vor Lachen, lautlos. Er suchte und fand Streichhölzer in der Jackentasche, zündete die erloschene Brissago an, stieß hellen Rauch aus und faßte sein Gegenüber jetzt genau ins Auge.

»Zahlen Sie mir einen Schnaps?«

Hunkeler winkte der Serviertochter, bestellte einen Schnaps. Der Mann kicherte zufrieden.

»Abhanden gekommen, daß ich nicht lache. Der kommt nicht abhanden. Der schlägt sich überall durch.«

Hunkeler wartete. Eine Fliege setzte sich auf seine Hand. Er schaute ihr zu, wie sie sich putzte, geschäftig, mit präzisen Bewegungen der vorderen Beine sich über den Kopf fahrend.

»Ich sollte ihm eine Botschaft überbringen«, sagte Hunkeler, und er kam sich blöd vor dabei, aber zu vermeiden war dieses Gefühl nicht. »Von seinem Enkel.«

»Was für ein Enkel?« Der Mann faßte ihn erneut ins Auge, unerbittlich, er hatte Verdacht geschöpft.

»Es ist ein junger Mann mit Kraushaar und Leberflecken, mit einem Ring im Ohr.«

»Ach so, der Silvan.« Der Mann schien erleichtert. Er nahm das Glas und kippte sich den Inhalt in einem einzigen Zug in den Hals. »Das ist nicht sein Enkel, das ist sein Großneffe. Ein Schlingel, ein Vaurien ist das. Nicht der Rede wert. Freddy ist doch nie verheiratet gewesen. Der hat das nicht nötig gehabt, der hat Frauen genug gehabt. Der könnte noch heute jede Menge Frauen haben, an jedem Finger eine, wenn er nur wollte. So einer ist das.«

Stolz, triumphierend saß er da, die Brissago im Mund, aus der bläulicher Rauch aufstieg. Sein Blick fiel aufs leere Glas, der Stolz wich aus seiner Miene. Er beugte sich vor, sehr klein jetzt in seiner dunklen Jacke, und sagte leise: »Die spinnen alle, die im Dorf oben. Die geben mir nichts mehr zu trinken, nur noch Kaffee und Mineralwasser. Ich bin jetzt 78 Jahre alt. Ist das gerecht? Warum soll ich nicht Schnaps trinken?«

Hunkeler bestellte noch ein Glas. Der Mann blieb in vorgebeugter Haltung, lauernd, verschwörerisch fast. »Die sind verrückt da oben, die sind es schon immer gewesen. Ein Polizeistaat ist das, wenn Sie mich fragen, jawohl. Deshalb ist Freddy auch abgehauen, genau deshalb. Wegen dem Büffel. Weil er es nicht mehr ausgehalten hat, den ganzen Terror. Sonst wäre er hiergeblieben. Wenn diese Bevormundung nicht gewesen wäre, wäre er im Dorf geblieben. Aber so hat er keine andere Möglichkeit gehabt, als zur See zu gehen. In die Fremdenlegion oder zur See. Und da er nichts hat wissen wollen vom Militär, ist er eben aufs Schiff gegangen. Karibik, Havanna. Hier, schauen Sie.« Er zog eine vergilbte Ansichtskarte aus der inneren Jackentasche. »Die hat er mir geschrieben. Das war 1939. Die trage ich immer mit mir herum, die ist mein Talisman.«

Er zwinkerte mit dem linken Auge, vieldeutig und schlau, dann begann er, mit seltsam feiner, hoher Stimme zu singen: »Auf, Matrosen, zur See!«

Hunkeler nahm die Karte, hielt sie sich vor die Augen. Vorne drauf waren die Umrisse eines Seglers zu erkennen, auf der Rückseite die Überreste einer eckigen Männerschrift. Zu entziffern war sie nicht mehr.

Der Mann hatte aufgehört zu singen. »Schön, nicht? Sie werden es nicht mehr lesen können, es ist zu lange her. Aber ich weiß es auswendig, was er mir geschrieben hat. ›Mein lieber Freund Willy‹, hat er geschrieben, ›komm herüber auf unser Schiff. Es heißt Andalusia. Sie suchen einen Mechaniker.‹ Ich bin Mechaniker, müssen Sie wissen, ich heiße Willy Holzherr. ›Hier verdienst du gutes Geld, um gut zu leben. Und niemand kennt dich. In Freundschaft, Dein Freddy.‹ Dein ist groß geschrieben, wie es sich gehört. Was sagen Sie jetzt?«

»Und, sind Sie hinübergefahren?«

»Geben Sie her«, sagte der Mann und versorgte die Karte in der Tasche. »Das verstehen Sie nicht, weil Sie zu jung sind. Sie wissen nicht, wie es damals war, nach 1929, in der Krise. Wer eine Stelle gehabt hat, der hat sie unbedingt behalten wollen. Und ich bin Mechaniker gewesen im Steinbruch vorn. Was meinen Sie, was wir dort für Maschinen gehabt haben. Und die großen Kräne mit den Zahnrädern, für die tonnenschweren Brocken. Die habe ich gewartet, das ganze Arsenal. Schauen Sie.« Er streckte ihm die Hände entgegen, Handflächen nach oben. Dicke, rissige Finger, vom linken Daumen fehlte das oberste Glied. »Den habe ich im Steinbruch gelassen, diesen Teil da. Und meine Seele auch. Die liegt dort unter den Steinbrocken, die niemand mehr brauchen kann, scheints. Nur der Schnaps da«, er griff sich das neue Glas, kippte es hinunter, »nur der hält noch zu mir. Mein letzter Freund. Außer Freddy. Aber der zeigt sich nicht mehr. Schon lange nicht mehr, Jahrzehnte.«

»Aber Sie wissen, wo er wohnt?«

»Lorbeerstraße 146, Kleinbasel.« Das kam schnell und präzise.

»Und Sie haben ihn nie besucht?«

»Nein. Warum sollte ich? Der weiß doch, wo ich zu finden bin. Es liegt nicht an mir, sondern an ihm. Er ist ausgewandert, nicht ich. Und er ist zurückgekehrt in die Schweiz, er hätte sich melden müssen. Wenn er sich nicht gemeldet hat, heißt das doch, daß er mich nicht mehr sehen will. Warum nicht? Können Sie mir sagen, Monsieur, warum mich Freddy nicht mehr sehen will?«

Hunkeler hakte schnell nach. »Vielleicht«, sagte er, »weil es ihm nicht gutgegangen ist.«

»Ach was.« Der Mann schüttelte den Kopf. »Der hat doch gespart in der Karibik, der hat auf jeden Rappen geschaut. Und dann hat er ja noch über zwanzig Jahre lang bei der Thomy AG in Basel gearbeitet, in der Mayonnaise-Herstellung. Da hat er gut verdient. Nein, der hat mich irgendwie verachtet.«

»Nehmen Sie noch einen Schnaps?« fragte Hunkeler.

Der Mann schneuzte sich. Dann schaute er gespannt zu, wie die Frau hinter der Theke ein neues Glas einschenkte.

»Sie hätten vielleicht trotz allem hinüberfahren sollen zu Ihrem Freund«, sagte Hunkeler, »wenn er schon eine Stelle für Sie gehabt hat.«

»Ich hätte, du hättest, er hätte.« Der Mann nahm das Glas in Empfang, schüttete es sich in den Hals. »Wir hätten alle, wenn wir hätten. Aber wir haben eben nicht. Freddy schon, der hat. Der ist ja auch nur Konditor gewesen, in Laufen vorn, im Tea-Room Montavon. Aber der ist eben abgehauen. Ab nach Havanna, zu den braunen Frauen. Und ich hocke da, seit Jahr und Tag, der letzte Dreck. Warum? Können Sie mir sagen, Monsieur, warum ich der letzte Dreck bin?«

Jetzt weinte er richtig, es schüttelte ihn vor Traurigkeit. Seine Stirn fiel vornüber, ein leises Stöhnen war zu hören.

Hunkeler bezahlte. Als er bereits unter der Tür stand, hatte sich der Mann erholt. Aufrecht saß er dort am Tisch neben der Theke. »Was wollen Sie überhaupt von mir, Monsieur?« rief er giftig, »warum haben Sie mich ausgefragt?«

»Entschuldigung«, sagte Hunkeler, »ich wollte nicht stören.«

Am anderen Morgen kurz nach neun öffnete Hunkeler die Tür zum Badehaus, trat an die Brüstung und schaute ins Wasser hinunter. Ruhig floß es, durchsichtig grün, am Boden war der fein gewellte Sand zu sehen. Wie Dünen, dachte er, wie die Sahara, über die der Wüstenwind weht, fein gewundene Linien in den Sand zeichnend. Darüber schreitet barfüßig der blau gewandete Tuareg, ein weißes Dromedar an der Leine führend. Er schaute hinaus auf den offenen Fluß. Wie das Meer, die hohe See, auf der ein Kahn, ein Windjammer vielleicht, vorbeigleitet. Die Segel sind gesetzt, gebauscht im Winde, sie flattern. Und auf den Rahen oben sitzen die Matrosen, Ausschau haltend nach dem fernen Eiland. Er schüttelte den Kopf, er grinste. Nein, er wollte jetzt nicht in diesem Fluß schwimmen.

Hunkeler ging hinaus, schloß leise die Badehaustür, als ob er jemanden gestört hätte. Behutsam setzte er sich in sein Auto, startete den Motor und fuhr an.

Jenseits der Johanniterbrücke rollte er ein Stück weit geradeaus, bog rechts ab, dann links in die Lorbeerstraße hinein. Eine gewöhnliche Kleinbasler Straße. Rechts ein Gebäude der Mustermesse, links Altbauten, zwischen denen einige neue Wohnblöcke herausragten. Wenige Wirtschaften, fast keine Läden.

Das Haus, in dem er früher einmal eine Mansarde gemietet hatte, stand noch. Auch der Spezereiladen war noch da, geführt jetzt von einem Italiener. Zwei langhalsige Chiantiflaschen standen im Schaufenster, Salami und in Netze gebundene Käse hingen vom Fensterbogen.

Fünf Häuser weiter war die Nummer 146. Hunkeler parkte, stieg aus, drückte die Falle der Haustür.

Sie war nicht zugesperrt. Er durchquerte den Flur. Verblichene Keramikplatten am Boden, Tapeten mit Blumengirlanden an den Wänden. Ein Fahrrad stand da mit plattem Hinterreifen.

Die Stufen knarrten, als er die vier Treppen hochstieg. Dann stand er vor der Tür des Freddy Lerch, der Name war unter dem Klingelknopf angeschrieben. Er wartete, er fühlte sein Herz pochen, bis in die Kehle hinauf. Der Riegel war geschoben, es war ein altes Schloß. Vorsichtig und leise – er wollte wirklich niemanden stören – klappte er den Schraubenzieher aus seinem Taschenmesser und fing an zu arbeiten. Zwischendurch verharrte er ruhig und lauschte. Das Treppenhaus blieb still. Er schob den Riegel zurück, brachte das Schloß wieder in Ordnung und trat ein.

Eine Zweizimmerwohnung mit Wohnküche und Toilette mit neu eingebauter Dusche. Zwei Ölöfen. Das Bett war einwandfrei in Ordnung gebracht, eine rote Plüschdecke lag darauf. Die Küche aufgeräumt, auf dem Tisch stand eine halbvolle Rotweinflasche. In der Stube hing dicht am Fenster ein Vogelkäfig. Ein blauer Wellensittich hüpfte darin herum, aufgeregt, ängstlich. Auf dem Tisch lag ein Zettel. Bitte füttern! stand darauf, in eckiger, steiler Schrift. Daneben eine aufgerissene Schachtel Vogelfutter. Hunkeler nahm sie, trat zum Käfig und schüttete Hirsekörner hinein. Der Vogel beruhigte sich, setzte sich auf den Käfigboden und begann zu picken. An der Wand neben dem geblümten Kanapee hingen gerahmte

Fotos. Eine Frau mit schwarzem, gehäkeltem Schal und weißer Bluse, ein Mann mit Stehkragen, streng blickend. Daneben ein Bild mit jungen Soldaten, zur Gruppe geschart, lachend, winkend. Flab-Rekrutenschule Payerne 1936, stand darunter. Links oben zwei Fotos von Hochseeschiffen. Ein Lastkahn, ziemlich schäbig, wie es Hunkeler schien, mit rostigem Aufbau hinten. Das war die CARONA. Ein stattlicher Passagierdampfer, der hieß ANDALUSIA, die Namen waren mit großen Buchstaben daruntergeschrieben.

Hunkeler trat zum Käfig und streute Futter nach. Wasser war noch genügend im Napf. Er steckte den Zeigefinger zwischen die Stäbe, lockend, aber der Vogel zeigte kein Interesse.

Dann ging er zum Buffet und zog die beiden Schubladen heraus. In der linken lag zuoberst ein blauer Zettel. Es war eine Belastungsanzeige der Basler Kantonalbank, die bestätigte, daß Freddy Lerch vor fünf Wochen von seinem Konto 50 000 Franken abgehoben hatte.

Hunkeler faltete den Zettel zusammen und steckte ihn ein. Dann nahm er das blaue Heft, das darunter gelegen hatte, und blätterte darin. Es war bis auf drei Seiten vollgeschrieben mit der steilen Charakterschrift eines alten Mannes, der nur mit Mühe Schreiben gelernt hatte. Der letzte Satz war doppelt unterstrichen, mit Lineal. Er lautete: »Wer helfen will, macht sich schuldig.«

Er steckte auch das Heft ein, dann wandte er sich sehr schnell um. Im Türrahmen stand eine junge

Frau mit rötlichem, kurzgeschorenem Haar, in grünem Shirt und grauen Jeans. Helle, ängstliche Augen, reglos, eine Hand am Türrahmen. Er hatte sie nicht kommen hören, er starrte sie an.

»Wer sind Sie?« fragte sie.

Hunkeler stieß die beiden Schubladen zu, langsam und sorgfältig, er mußte Zeit gewinnen. Warum zum Teufel hatte er sich überraschen lassen? Er schluckte leer, schaute zum Vogel hinüber. Nach einer Weile sagte er: »Ich bin ein Bekannter, ein Freund.«

Sie stand immer noch ruhig da, sie überlegte. »Aber es war doch abgeschlossen. Was suchen Sie hier?«

Hunkeler versuchte zu lächeln. »Ich wollte nur kurz vorbeischauen. Einfach so.«

»Warum kenne ich Sie nicht, wenn Sie ein Freund sind?«

Sie hatte unglaublich magere Achseln. Sie bewegte sich noch immer nicht.

»Keine Ahnung. Aber wer sind denn Sie?«

»Ich wohne nebenan. Ich habe einen Schlüssel zur Wohnung. Er hat gesagt, ich solle hin und wieder vorbeischauen.« Sie öffnete ihre Tasche und zeigte einen schwarzen Schlüssel. »Haben Sie dem Vogel Futter gestreut?«

Hunkeler nickte. »Wie heißen Sie, wenn man fragen darf?«

»Denise Zaugg. Ich bin befreundet mit Freddy. Oder besser, ich war befreundet. Jetzt ist er ja tot.«

Sie senkte die Augen, wartete, was geschehen würde.

»Also denn«, sagte er, locker und freundlich, »verzeihen Sie bitte die Störung. Auf Wiedersehen.«

Er wollte hinausgehen. Aber sie blieb stehen im Türrahmen, gab den Weg nicht frei. »Wer sind Sie eigentlich? Wie heißen Sie?«

»Das tut nichts zur Sache. Ich wollte wirklich nur schnell vorbeischauen.«

Sie musterte ihn jetzt genau, kurz und scharf. Dann drehte sie sich um und ging schnell hinaus.

Hunkeler setzte sich. Er schob sich eine Zigarette zwischen die Lippen und wollte sie anzünden. Aber er ließ es bleiben. »Ich Esel«, murmelte er, »ich Vollidiot.«

Am Nachmittag lag er im Rhein, Arme ausgestreckt, Kopf im Wasser, und zählte die Sekunden. Er hörte das Geräusch einer Schiffsschraube, sehr nah, wie es schien. Bei sechzig hob er den Kopf und sah dicht vor sich den Bug eines Tankers aufragen. Mit schnellen Zügen wich er aus, nach links. Er spürte das Herz hämmern, als er entkommen war und das schwerbeladene Schiff an ihm vorbei Richtung Mittlere Brücke stieß. Was war los mit ihm? War er verblödet, daß er nicht mehr aufpassen konnte? Er schaute zum Steuerhaus hoch, in dem der Kapitän stand und wütend etwas herunterschrie, was nicht zu verstehen war. Dann ließ er sich treiben, ein Stück Holz, das obenauf schwamm, schaukelnd in den Wellen.

Als er die Treppe zum Badehaus hochstieg, merkte er, daß ihm noch immer der Schreck in den Gliedern saß. Warum hatte er den Tanker nicht kommen sehen? Er war es doch gewohnt, im Rhein zu schwimmen, er wußte, daß die Lastschiffe nicht ausweichen konnten. Er hatte noch immer den aufragenden Bug vor Augen, der den Fluß aufriß und eine meterhohe Welle vor sich herschob, die beiden schwarzen Anker an den Seiten, die überraschende Geschwindigkeit, mit der der Koloß nähergekommen war.

Aber er war entkommen. Und obschon es ihm nicht leichtfiel, versuchte er zu grinsen.

Er duschte sich sorgfältig, denn die Wasserqualität war bestimmt auch heute wieder schlecht. Er stellte die Dusche ab, schüttelte sich die Tropfen vom Leibe und schaute ins Wasser, das unterhalb der Treppe fast ruhig dalag. Dort standen sie, die fingerlangen Fische, deren Bäuche aufblitzten. Sie ließen sich nie lange vertreiben, wenn ein Schwimmer an Land stieg, das war ihr Stammplatz.

Oben bei den Tischen saß Detektiv-Wachtmeister Madörin im vorgeschriebenen Sommertenü – Hemd mit Krawatte, ohne Rock – und schaute herunter. Keine Miene verzog er. Er winkte nicht, er wartete, bis Hunkeler herankam.

»So«, sagte er, »genießt man das Strandleben? Hält man sich fit?«

»Du wirst gestatten«, sagte Hunkeler, »daß ich mir erst noch einen Kaffee hole.«

Er ging nach vorn zum Kiosk, preßte sich Kaffee heraus, goß Milch dazu, fingerhoch. Seine Hand zitterte leicht. Vom Schock, redete er sich ein, von der plötzlichen Todesangst.

Frau Lang, mit hochrotem Kopf, schwitzend, versuchte zu lächeln. »Ich habe ihm erzählt, daß Sie üblicherweise am Morgen kommen«, sagte sie, »aber er wollte unbedingt auf Sie warten.«

»Keine Angst«, sagte Hunkeler, »er ist mein bester Kollege. Er sitzt auch einmal gerne am kühlen Bach.«

Er nahm die Tasse, trug sie hinüber zum Tisch und setzte sich.

»Ja, mein Lieber«, sagte Madörin, »es gibt Komplikationen.«

»So? Und was geht mich das an? Ich habe Urlaub.«

»Das Schloß in der Lorbeerstraße, wo Freddy Lerch gewohnt hat, ist aufgeschraubt worden.« Madörin nahm einen Schluck aus seiner Tasse, rümpfte die Nase. »Der Kaffee ist schlecht.«

»Mir schmeckt er«, behauptete Hunkeler und blinzelte in die Sonne.

»Es ist zwar kaum erkennbar. Aber Haller hat es bemerkt. Den kannst du nicht täuschen.«

»Ich?« fragte Hunkeler, er merkte, wie das Zittern in seinem Nacken hochstieg.

»Den kann niemand täuschen, meine ich. Da ist jemand in der Wohnung gewesen.«

Hunkeler schaute zum Basler Dybli hinaus, das flußabwärts Richtung Kembser Schleuse trieb. Fröhliche Sommerleute waren darauf, die zum Badehaus herüberwinkten. Die junge Frau, dachte er, Denise Zaugg mit dem rötlichen Haar. Er versuchte, ruhig zu bleiben, er wartete.

»Freddy Lerch hat vor fünf Wochen 50 000 Franken abgehoben«, sagte Madörin. »Das ist viel Geld.«

Hunkeler hielt den Atem an. »Woher weißt du das?«

»Der Staatsanwalt hat sich eingeschaltet. Sie mußten das Konto offenlegen.«

»Warum? Ich denke, der Fall ist abgeschlossen.«

Madörin beugte sich vor, ein mieser, gefährlicher Jagdhund. »Bist du sicher«, fragte er, »daß es Selbstmord war?«

Ach so, das wars. Hunkeler lehnte sich zurück gegen die Holzwand, atmete tief durch, griff mit ruhiger Hand zur Kaffeetasse.

»Ich habe einen Schrei gehört, dann sah ich einen Mann hinunterflattern. Das ging sehr schnell. Oben auf der Brücke habe ich niemanden gesehen.«

»Das sagt der dort drüben auch, der mit der Leopardenhose.«

Madörin zeigte zu André, der gespannt herüberschaute.

»So ein alter Mann«, sagte Hunkeler, »wer will dem was Böses?«

»Warum ist denn eingebrochen worden in seine Wohnung?« Madörin hatte jetzt sein Inquisitorengesicht aufgesetzt. »Was hat der Täter gesucht?«

Hunkeler zuckte mit den Achseln, gelassen, die Unschuld vom Lande. »Woher soll ich das wissen, Kollege?«

Madörin schien ihn mit den Augen auffressen zu wollen, eine Sekunde, zwei Sekunden. Dann sagte er: »Paß auf, was du tust. Ich will dich ja nicht verdächtigen. Aber möglich wäre es ja immerhin. Du bist heute morgen nicht im Badehaus gewesen. Warum nicht?«

»Jetzt hör aber auf, ja?« sagte er. »Ich bin im Elsaß gewesen, bis Mittag. Das wird ja noch mein gutes Recht sein.«

»Entschuldige«, sagte Madörin, »die Hitze. Sie drückt mir auf den Kopf. Da kommen mir dumme Gedanken.«

»Zieh dich doch um, kühle dich ab. Ich leihe dir meine Badehose.«

»Du weißt, daß ich im Dienst bin. Vorschrift ist Vorschrift.«

Hunkeler versuchte zu gähnen, es gelang ihm ganz gut. »Ich will nichts als eine ruhige Sommerkugel schieben. Das verstehst du doch?«

»Ja«, sagte Madörin, riß die Krawatte vom Hals, knüpfte das Hemd auf, »das möchte ich auch. Aber der Fall hat sich eben wirklich kompliziert.«

Hunkeler blinzelte. Was war da noch, was kam da noch? »Ja, bitte?«

»Der Mann ist tot, das weißt du.«

»André hat gesagt, es wisse niemand etwas von einem Freddy Lerch im Spital. Da habe ich angenommen, er sei gestorben. Ich bin hingegangen und habe seine Leiche angeschaut.«

»Das wissen wir. Und warum hast du dir diese

fremde Leiche angeschaut, die dich doch überhaupt nichts angeht?«

Hunkeler kniff die Lippen zusammen. »Das geht dich nichts an.«

»Wenn es uns aber doch wundern würde? Wie wäre denn das?«

Hunkeler wartete. Er spürte die Hitze auf seinem Bauch, im Gesicht. Leise, lieb fragte er: »Sag einmal, schnüffelt eigentlich jemand hinter mir her?«

»Du hast Urlaub«, sagte Madörin, »du hast die Nase voll von diesem ganzen Polizeidreck. Du erklärst, drei Wochen lang nur noch in den kühlen Rhein starren zu wollen. Und was tust du? Du gehst ins Kantonsspital und schaust dir eine Leiche an.«

Hunkeler schwieg, er war jetzt richtig verstockt. Er spürte einen Stolz in sich aufsteigen, der ihm die Kehle zuschnürte. Wie früher, ganz wie früher.

»Nimm es bitte nicht persönlich«, sagte Madörin, »niemand schnüffelt hinter dir her. Aber Staatsanwalt Suter hat plötzlich angefangen, von Erpressung zu reden, als er von den 50 000 Franken hörte. Deshalb haben wir uns die Leiche noch einmal angeschaut. Der Arzt hat uns informiert, daß du dagewesen bist.«

Hunkeler spürte Tränen aufsteigen. Ein kurzer Schub war das, ganz plötzlich, unaufhaltbar. Ein leeres Schlucken, dann war es vorüber.

»Ich habe es verpaßt damals, meinen toten Vater anzuschauen«, murmelte er, fast nicht hörbar, »seinen Leichnam, meine ich. Weil ich zu spät ins Krankenhaus gekommen bin. Er hat mich gedemütigt. In meiner Jugend. Mein Vater, meine ich, hat mich gedemütigt. Er hat mir keine Chance gelassen. Nicht die Spur einer Chance, das zu tun, was ich tun wollte. Ich mußte tun, was er wollte. Er war der Dresseur, ich sein Hund. So war das. Ich hätte ihn tot daliegen sehen wollen. Unbedingt. Das habe ich gestern nachgeholt.«

»Findest du nicht, es ist eine Affenhitze hier?« fragte Madörin und wischte sich den Schweiß ab. »Und im übrigen bitte ich dich, mit diesem sentimentalen Quatsch aufzuhören. Das glaubt dir doch keine Sau.«

»Das ist mir gleich, ob das jemand glaubt. Es ist so gewesen. Punkt und aus.«

»Warum gafft der so blöd?« Madörin deutete auf André drüben auf dem Rost. »Übrigens, das Foto, das im Paß lag, das hast du doch gesehen? Den jungen Kerl, meine ich.«

»Ja, er hat ein Ringlein im linken Ohr.«

»Weißt du, wie er heißt?«

»Woher soll ich das wissen?«

Madörin starrte ihn an, griesgrämig lauernd. »Irgend etwas ist faul an dieser Geschichte«, meinte er dann, »und ich weiß nicht was.«

Draußen fuhr der Kies-Ueli flußabwärts, der Frachtraum offen und leer, der Bug drei Meter über dem Wasser aufragend. Sie schwiegen beide, zwei müde, verbrauchte Kollegen. Nach einer Weile sagte Madörin: »Urlaub am Rhein, eigentlich gar nicht schlecht. Meine Frau will mich im September ans Meer schleppen, sie will es so haben. Übrigens fehlst du mir, wenn ich ehrlich sein will. Ich bin es schlicht nicht gewohnt, einen Fall allein zu lösen. Ich bin eben doch nur ein Unterhund.« Er grinste giftig. »Er heißt Silvan Lerch und ist der Großneffe von Freddy.«

»Von wem redest du überhaupt?«

»Hör auf, mich zu verarschen, ja?« Diese schäbige Hilflosigkeit in Madörins Augen, die er so haßte, dieses Untertanengesicht. »Er ist vor einer Woche in Zürich-Kloten geschnappt worden.«

»Wer?« Das kam kurz und präzise.

Madörin grinste. »Siehst du. Ich wußte, daß es dich interessiert. Dein toter Vater in Ehren. Aber deshalb schaut man doch keine fremden Leichen an.«

»Wenn du meinst«, Hunkeler lehnte sich wieder an die Holzwand zurück, »du kannst mich vom Bach wegholen, so täuschst du dich. Ich mache Pause.«

»Er hat vor rund einem Monat einen Wagen der Luxusklasse gekauft. Er wollte damit nach Kuwait fahren, um ihn dort für das Doppelte zu verhökern. Das hat ihm offenbar irgendwer so geflüstert. Und er hat es geglaubt. Naiv, aber wahr.«

Ein Schlingel, dachte Hunkeler, ein Vaurien, nicht der Rede wert.

»Er sitzt im Lohnhof in Untersuchungshaft. Ein sympathischer Kerl. Nur sagt er fast nichts. Wir haben natürlich geglaubt, er habe das Geld für den Schlitten gestohlen. Das heißt, wir haben ihm überhaupt nichts geglaubt, wir haben ihn ziemlich hart drangenommen.«

»Weiß er, daß sein Großonkel tot ist?«

Madörin nickte und schaute zur Johanniterbrücke hoch, wo zwei Burschen auf dem Geländer standen, sich vorwärts fallen ließen und schreiend absprangen. Angewinkelt segelten sie durch die Luft, prallten aufs Wasser, verschwanden.

»Sag einmal, dürfen die das?«

»Keine Ahnung«, sagte Hunkeler. »Du kannst sie ja verhaften, wenn du willst.«

Wieder dieses miese, hoffnungslose Grinsen.

Lieb, wie eine Katze, fragte Hunkeler: »Und warum sitzt er denn in Untersuchungshaft, wenn doch sein Großonkel 50 000 Franken abgehoben hat?«

»Die übliche Geschichte. Sie haben ihm den Schlitten geklaut, mit den Kleidern drin, den Papieren und allem Geld. In der Nähe von Istanbul war das, sagt er. Er ist offenbar eine Wasserratte wie du, hat sich irgendwo am Strand ausgezogen und ist ins Wasser gesprungen. Als er wieder auftauchte, war nichts mehr da.«

Das Meer, dachte Hunkeler, das Goldene Horn am Bosporus. Der Neumond am violetten Himmel, in der Ferne die Minarette. Und ein Windjammer gleitet vorbei.

»Warum grinst du so blöd?« fragte Madörin.

»Ich grinse nicht, ich lächle.«

»Nein, du hast gegrinst. Ziemlich mies übrigens.«

»Und? Schließlich bin ich Polizist.«

»Eben. Also. Sie haben ihm dann einen neuen Paß gegeben und Geld und einen Koffer, den er einem Mann in Zürich-Kloten übergeben sollte. Ziemlich viel Heroin war da drin, es könnte reichen für mehrere Jahre Zuchthaus.«

»Aber das ist doch Stumpfsinn!« Er schrie das fast, es war nicht zu glauben.

»Genau das denke ich auch. Das Blöde ist, daß er ums Verrecken nicht sagen will, woher er das Geld für den Luxuswagen hatte. Auch jetzt nicht, wo wir das mit den 50 000 Franken wissen. Er ist richtig verstockt. Das einzig Sichere, was wir haben, ist der verdammte Koffer mit dem Heroin drin.«

Hunkeler kniff die Augen zusammen, die Sonne schien viel zu grell. »Seit wann weißt du das?«

»Seit vier Tagen.«

Madörin erhob sich, stellte sich ans Geländer und schaute zu den Enten hinunter. »Schön«, sagte er, »diese jungen Viecher.« Er drehte sich um und nahm die leere Kaffeetasse vom Tisch. »Übrigens, meinst du nicht auch, es wäre saudumm, wenn dieser junge Kerl für einige Jahre eingelocht würde?«

Da arbeitet man also ein Leben lang hart, dachte Hunkeler, und er hatte eine Wut, da fährt man zur See, stellt Mayonnaise her, bleibt ledig und spart. Man hat ein bißchen Vermögen, schenkt einem jungen Mann mit Ring im Ohr 50 000 Franken. Und was macht dieser Schlingel damit? Er kauft einen Luxuswagen, will damit nach Kuwait fahren und dort den Einsatz verdoppeln, aber er läßt sich unterwegs alles klauen. Und dann, was tut der Vaurien in der Not? Er läßt sich kriminalisieren, wird Kurier und läuft auf dem Flughafen Kloten auf die dämlichste Art der Welt in die Polizeifalle. Und natürlich hat er ein schlechtes Gewissen, hält dicht, will seinen Großonkel nicht hineinziehen und macht dadurch alles noch schlimmer. Und der Großonkel, was tut der? Der fühlt sich schuldig und springt von der Brücke.

Und er, der gestandene Kommissär, erprobt in kleinen und großen Schlachten, abgebrüht von der Hitze fremder Eigenschaften, dem nichts Menschliches mehr fremd war, solange es sein eigenes, privates Leben nicht betraf, was spielte denn er für eine Rolle in dieser Klamotte?

Er spielte die Rolle des allerletzten Dilettanten-Einbrechers, der nicht einmal auf halbwegs anständige Art ein altes Schloß knacken konnte, so daß niemand was merkte. Die Rolle des schäbigen Voyeurs, der in einem heruntergekommenen Etablissement der vormals vornehmen Art einen zähen, abgearbeiteten Aiki ausnahm, bloß um ein Stück wahrer Lebensgeschichte, die ihn im Grunde nichts anging, beäugen zu können.

»Hier verdienst du gutes Geld, um gut zu leben. Und niemand kennt dich.« Das war die Botschaft des Freddy Lerch gewesen. Eine gute Botschaft, wie Hunkeler fand.

Er grinste, böse auf den Taxometer schielend. Der Taxifahrer kam aus der Türkei. Das hatte er sogleich bemerkt, als er vor seiner Wohnung in den Wagen gestiegen war. Ein Luxusschlitten war das, jawohl, er hatte es nicht nötig, sich so einen Wagen mit geborgtem Geld zu kaufen, um ihn in den Orient zu fahren und dort für das Doppelte zu verhökern. Hunkeler bezog Lohn, nicht zu knapp, geschehe, was wolle, diese Kohlen wurden bezahlt, bei Erdbeben, Krieg und Pestilenz. Er würde immer, bis an sein Lebensende, genügend Geld haben, um einen solchen Schlitten samt Chauffeur zu mieten. Und zwar ganz legal.

Das Taxi glitt den Kohlenberg hinunter. Links der Lohnhof, ein mittelalterlicher Bau mit meterdicken, kühlen Mauern, hoch aufragend aus dem Weichbild der Stadt, ein Untersuchungsgefängnis, in dem geschwitzt, geschrien und manchmal in der Verzweiflung auch Hand ans eigene Leben gelegt wurde. Hunkeler schaute hinauf. Das Gemäuer leuchtete rötlich, es schimmerte sanft. Oben sah er die vergitterten Fenster. Dort versuchte jetzt wohl ein junger, kräftiger Mann mit Ring im Ohr Ruhe zu finden, den stillen, traumlosen Schlaf.

Der Barfüßerplatz war wie immer an warmen Abenden voll jungen Volkes. Der Fahrer hielt an, schüttelte den Kopf, stieß einen Fluch aus, den Hunkeler nicht verstand.

»Heiß, nicht wahr?« sagte er friedlich, »aber Sie sind diese Hitze sicher gewohnt.«

»Warum?« fragte der Mann.

»Sie kommen doch aus der Türkei, aus Anatolien,

nehme ich an. Dort muß es um diese Jahreszeit noch heißer sein als hier. Und fast nirgends Wasser.«

»Ich bin hier aufgewachsen, genau wie Sie«, sagte der Mann in breitem Kleinbasler Dialekt.

»Ach so. Ich habe gemeint, Sie sind Türke.«

»Mensch«, sagte der Mann ziemlich giftig, »wo leben wir eigentlich? Sind Sie Rassist?«

»Entschuldigung.« Hunkeler gab ihm das Geld. »Ich wollte Sie nicht beleidigen.«

»Jetzt hören Sie einmal mit diesem Blödsinn auf, ja?«

Der Mann schien ernstlich böse zu sein. Er riß die Tür zu, gab Gas und zog den Wagen hinein in die Steinenvorstadt.

Hunkeler schämte sich. Was war jetzt das wieder gewesen, warum war ihm das passiert? Kaum willst du freundlich sein mit einem Türken der ersten, zweiten oder weiß der Teufel wievielten Generation, kriegte er es in den falschen Hals. Ihm war es doch egal, woher der Mann kam, aus Kleinbasel, aus Barzwil oder Ankara. Ihm war alles scheißegal.

Was suchte er eigentlich hier, auf diesem heißen, überfüllten Platz? Das sah aus wie auf der Rambla in Barcelona oder an irgendeinem gottverdammten Pazifikstrand. Braune Beine und Arme, pralle Ärsche in satten Jeans, kurzes Haar, langes Haar, rot, violett und grün, Glatzköpfe männlich und weiblich, die Hippers und Hoppers und Kloppers des vereinigten Groß- und Kleinbasels. Und Lockerheit über alles, einige fielen fast aus der Wäsche, so locker waren sie.

Er drängte sich durch die Leute, ein Fossil aus der Vorkriegszeit, von der dieses Jungvolk natürlich keine Ahnung mehr hatte.

Weiter oben am Steinenberg fiel ihm das Heft ein, das er in der Wohnung des Freddy Lerch gefunden hatte. Es lag zu Hause im Eisschrank, neben Käse, Aufschnitt und Bier. Kindisch, in der Tat, unglaublich naiv. Denn wo schaute ein Detektiv zuerst nach, wenn er, mit einem Durchsuchungsbefehl in der Tasche, eine fremde Wohnung betrat, um etwas zu suchen? Zwischen der Wäsche, in Schüsseln, im Eisschrank.

War er denn vollständig verblödet? Und wenn, warum? War es die Hitze? Oder war es das Flattern von der Brücke?

Was hieß hier übrigens gefunden? War er befugt gewesen, die Wohnung zu betreten? Aber nein, keineswegs. Das war schlicht und einfach Hausfriedensbruch gewesen. Und ein Diebstahl dazu, beobachtet von einer Zeugin. Das konnte ihn ganz schön in Schwierigkeiten bringen, wenn es herauskam.

»Wer helfen will, macht sich schuldig.« So hatte der letzte Eintrag in diesem Heft gelautet. Es war der einzige Satz, den er bisher gelesen hatte. Und was bedeutete er? Er bedeutete, daß Freddy Lerch jemandem hatte helfen wollen. Und wem hatte er helfen wollen? Selbstverständlich seinem Großneffen, dem Schlingel Silvan. Diese Hilfe hatte den Vaurien schlußendlich in den Lohnhof gebracht, und der alte Freddy war somit schuldig geworden.

Also war dieser Satz ein Beweis, daß Silvan das Geld nicht gestohlen hatte, und hätte unbedingt dem Staatsanwalt vorliegen müssen. War das folglich nicht Urkundenunterschlagung, was Hunkeler da beging?

Aber wie zum Teufel hätte er denn das Heft zurückgeben können? Mit anonymer Post vielleicht? Und seine Fingerabdrücke auf dem blauen Umschlag?

Abgesehen davon: Wollte er es überhaupt zurückgeben?

Er setzte sich auf eine der Aluminiumbänke, die irgendein genialer Architekt auf den Theaterplatz hatte stellen lassen. Theaterplatz, ha! Hunkeler grinste geringschätzig. Tiefgaragenplatz, so müßte das heißen! Denn da unter dem Erdboden verbarg sich nichts anderes als eine Autoeinstellhalle, die der eigentliche Zweck des Theaterneubaus gewesen war. Und dort drüben stand er, der neue Musentempel, ein riesengroßes, viel zu teures Theaterschiff, ein Ozeandampfer in einem schweizerischen Binnensee, in der Zeit der Rezession plötzlich nicht mehr bezahlbar und deshalb nur noch teilweise bespielt.

Die Wut in Hunkeler wuchs. Das war schlicht ein Verprassen von Geld, das anderswo bitter nötig und äußerst hilfreich gewesen wäre. Aber so war das eben in dieser Stadt. Alles für die Theatergreise, nichts für die Jugend. Denn was war von der Jugend zu erwarten? Nur Unruhe, Krach, Radau.

Bitter, dachte Hunkeler, sehr bitter. Und wenn einer wie ich, ein abgetakelter Mittfünfziger, kurz vor dem Zweiten Weltkrieg geboren, aufgewachsen ohne Beatles, ohne Plastik, ohne Jeans, zum Manne geworden in der Zeit des kältesten Kriegs, sich zu sommerlicher Abendstunde durch das Jungvolk drängt, bekommt er es fast mit der Angst zu tun. Denn man hört ja allerlei. Von Entreißdiebstählen, wilden Prügeleien, Gewalt um der schieren Gewalt willen, wie das im Jargon hieß.

Kultur war doch nichts anderes als Frieden, dachte Kommissär Hunkeler, schwitzend auf einer Aluminiumbank auf dem Dach einer Tiefgarage inmitten der alten Humanistenstadt Basel sitzend. Kultur war Neugier und Liebe, nicht Desinteresse und Haß. Kultur war das gemeinsame Gespräch.

Polizei aber war Nichtkultur, die Ersetzung des Gesprächs durch den Knüppel. Folglich war er selber ein Stück Nichtkultur. Und warum war er das geworden? Er, ein früher Charlie-Parker-Fan, ein Liebhaber von Georges Brassens? Hatte das vielleicht etwas mit seinem Vater zu tun? Mit dem frühen Tod seiner Mutter?

Er schaute hoch in den Himmel, ob dort vielleicht ein paar Enten vorbeiflögen, um im nahen Brunngrabenweiher zu wassern. War da nicht das leise Rauschen der Flügel zu hören, das aerodynamische Dreieck zu sehen?

Er vernahm ein leises, sanftes Schmatzen. Etwas wie ein intimes Kußgeräusch. Er drehte den Kopf.

Rechts von ihm saß ein junges Paar, umschlungen. Unglaublich lieb und schön. Ein Bein des Jungen über den Schoß des Mädchens gelegt, Haar in Haar, der Hals des Mädchens vornübergebeugt. Ihre Hand stak in der Hose des Jungen, kaum wahrnehmbar, so selbstverständlich war das.

Hunkeler erhob sich, behutsam und leise, er wollte nicht stören. Langsam ging er zwischen den Rabatten durch, wo allerlei tristes Strauchwerk wuchs, gehegt und gepflegt von der Stadtgärtnerei auf enervierend liebevolle Art, als ob wieder einmal die Natur hätte gerettet werden sollen. Er drehte sich um und schaute zurück. Das Liebespaar saß noch dort, voll sanfter Konzentration. Die Mädchenhand war noch in der Hose. Umwerfend, dieses Bild, unerwartet normal.

Im Restaurant Kunsthalle drin war es kühl, ein Dämmerlicht lag im klassizistisch ausgemalten Raum. Er war fast leer, die Gäste saßen draußen unter den Kastanienbäumen, vor Weißwein und Kaffee. Wie ein Bild von Manet, Tableau d'amour, ein lieblicher Sommerabend unter Laub, gesprenkeltes Licht, das aus den Bäumen tropfte, Liebe war immer noch eine Himmelsmacht.

Fast heiter ging er durch den Raum zum hintersten Teil, wo seine Freunde saßen und Karten spielten. Gestandene Männer wie er, schlau die Kühle suchend. Eine Weißweinflasche im Eiskübel, Jaßteppich auf dem Tisch, Ecke und Kreuz und Schaufel und Herz in den Händen. Es fehlte der vierte Mann, er setzte sich und spielte mit.

Als er kurz nach Mitternacht seine Wohnung betrat, leicht angetrunken vom kühlen Weißen, etlicher Franken beraubt, denn es hatte ihm wieder einmal den ganzen Abend hindurch auf den Seckel geschneit, wie die Jasser zu sagen pflegten, fühlte er sich luftig und leicht. Er ging ins Schlafzimmer, riß die Tür zur Terrasse auf und trat hinaus. Der Ahorn im Hof hinten rauschte leise, ein Wind ging, die leisen Finger der Nacht. Er grinste, das kitschige Bild der Finger gefiel ihm.

Er ging in die Küche hinüber, riß auch hier das Fenster auf, griff dann, ohne genau hinzusehen, in den Eiskasten und nahm ein Bier heraus. Er setzte sich, schenkte ein, trank. Das Bier, das beruhigende, tröstende, rann ihm durch die Kehle. Ein feiner Sommerabend, dachte er, angenehme, langjährige Freunde, denen man sich nicht mehr erklären mußte, man kannte sich lange genug. Mürbe Leute wie er, schon fast leidenschaftslos, ohne Illusionen. Nur wenn das Herzas nicht kam, das eigentlich kommen sollte, flackerte auf einmal das alte und plötzlich wieder junge Gift in den Augen auf. Es wurde kurz geschrien, dann wieder gelacht. Ein wackerer Wohlstand ringsum am Tisch, der es einem erlaubte, ohne weiteres zwei, drei Flaschen vom besseren Weißen zu bezahlen, wenn man Kartenpech hatte. Was wollte man mehr?

Ja, was wollte man mehr?

Er erhob sich, ging ins Schlafzimmer hinüber, riß die Tischschublade auf und nahm ein rotes Schreibheft heraus, A4-Format, die Seiten kariert. Er trug es an den Küchentisch zurück, zündete sich eine an, hustete, nahm aber einen weiteren, tieferen Zug und schrieb folgende Sätze auf:

»Ich, Peter Hunkeler, Kommissär des Kriminalkommissariates Basel, überlege wieder einmal, was ich tun soll. Ich hocke bös in der Tinte, bildlich gesprochen, aber wahr. Ich habe eingebrochen und gestohlen und weiß nicht recht, warum ich das getan habe. Dann habe ich mitten in der Stadt eine zauberhafte junge Frau gesehen, die ihre Hand in einer Männerhose drin hatte. Das hat mich so gerührt, daß ich fast geweint hätte vor Freude. Wo ist die Sehnsucht geblieben? Mein Vater ist mit mir einmal an einem heißen Sommernachmittag in eine Gartenwirtschaft gegangen. Das war, als ich ungefähr zehn Jahre alt war. Er hat mit allen Anzeichen der Vorfreude ein Bier bestellt, hat es, sich die Lippen leckend, eingeschenkt, hat dann das volle Glas mit dem Schaumkragen zum Mund geführt, glücklich die Augen verdrehend, hat einen kräftigen Schluck genommen und sogleich voller Abscheu wieder ausgespuckt. Das war ein richtiges Schmierentheater, schwer outriert. Er hat dann das Bier zurückgegeben und einen Apfelsaft bestellt, unvergoren, und diesen hat er mit großem Behagen geschlürft. So wollte er mir weismachen, wie schlecht gegorene Säfte schmecken. Er hat nämlich geglaubt, er sei mein Vorbild, ich würde ihn zeitlebens nachahmen. Da hat er sich gründlich getäuscht. Er war alles andere als mein Vorbild. Ich wollte unter keinen Umständen so werden wie er. Zudem saßen ja in jener Gartenwirtschaft mehrere Männer, die den gegorenen Gerstensaft mit größtem Vergnügen getrunken haben. Ich habe damals gedacht, daß mein Vater nicht ganz normal sei.

So einer war er.

Und meine Mutter? Was war eigentlich mit meiner Mutter? Sie hat manchmal einen breitrandigen Hut getragen, schön anzuschauen. Den hat sie mit einer Hand festgehalten, wenn Wind war, damit er nicht fortflog. Eine schlanke, hohe Gestalt. Und trotzdem zerbrechlich.«

Hier hörte Hunkeler auf. Denn da war wieder der Tränenschub in die Augen hinein, ganz plötzlich. Nichts zu machen, keine Gegenwehr war möglich. Er schluckte leer, nahm das Taschentuch heraus, wischte sich über die Augen. Verdammt, diese Scheiße. Dieser Schwachsinn, dieser sentimentale Kitsch. Jetzt ging er schon gegen sechzig, und noch immer hatte ihn die Vergangenheit in den Fingern.

Er schloß das Heft, er konnte nicht weiterschreiben. Er wollte nicht, basta. Wozu auch, wozu?

Er hob seinen linken Unterarm vors Gesicht, er roch daran. Der Hemdsärmel duftete seltsam, fremder Schweiß schien darin zu hängen. Und doch war es sein eigener Schweiß.

Er erhob sich, öffnete den Eisschrank, nahm ein zweites Bier heraus und sah das blaue Heft des Freddy Lerch daliegen. Richtig, da war es, und er hatte es entwendet. Er nahm es heraus, schloß den Eisschrank wieder. Er schenkte sich das Bier ein, setzte sich und fing an zu lesen, was mit URSPRUNG UND HERKUNFT überschrieben war.

»Ich, Freddy Lerch, geboren am 1. Februar 1916, von Beruf Konditor, ledig, bin ein Kind armer Leute. Aufgewachsen in Barzwil im Kanton Solothurn, lag ich nicht auf der Sonnenseite des Lebens. Ich habe drei Geschwister, zwei Schwestern, einen Bruder. Er ist im Jahre 1943 an Tuberkulose gestorben, ein schwerer Schlag für uns alle. Mein Vater war Posthalter von Barzwil. Da galt es, schon früh seinen Mann zu stellen. Pakete und Briefe austragen jeden Tag, auf die abgelegenen Juragehöfte und hinunter ins Bad. Was bin ich gelaufen, bergauf und bergab. Immer hatte ich einen Haselstecken bei mir, wegen der großen Hunde. Man muß den Hunden den Stecken zeigen, dann haben sie Angst. Das war eine gute Lehre für mich, eine Schule fürs Leben.

Als ich sechs Jahre alt war, ist mein Vater mit dem Vornamen Marin gestorben. An Herzschlag. Er ist heimgekommen von einem Postgang, am Nachmittag, es war Sommer und heiß. Er hat über Schmerzen in der Brust geklagt, hat sich ins Bett gelegt und war am Abend tot.

Das war ein schwerer Schlag für uns alle. Wir wußten nicht, werden wir armengenössig oder nicht.

Wir hatten nur zwei Äcker, einen mit Kartoffeln und einen mit Weizen. Dazu eine Sau und ein paar Hühner. Zuwenig, um uns am Leben zu erhalten.

Nach ein paar Wochen ist dann Bericht gekommen, meine Mutter könne Posthalterin werden. Da haben wir alle aufgeatmet. Das war nämlich nicht selbstverständlich damals, daß sie Posthalterin werden konnte. Schließlich war sie eine Frau. Jetzt hieß es doppelt anpacken. Schließlich fehlte der Vater.

Sie hieß Marie, kam ursprünglich aus einem Dorf bei Delémont und war eigentlich eine Welsche, eine Jurassierin. Aber sie hat sich gut eingelebt. Von ihr habe ich meine Französischkenntnisse.

Sie ging jeden Nachmittag um drei mit einer kleinen Weinkaraffe hinüber in den Spezereiladen und kaufte einen Einer Bordeaux. Das ist mir geblieben, denn Bordeaux war teuer, sie hätte auch billigeren haben können. Nie hat sie mich geschickt, immer ist sie selber gegangen. Sie hat dann den Wein in der Küche getrunken, ich durfte dabeisein. Das war feierlich, jeden Tag. Nie hat sie mich geschlagen. Im Gegensatz zum Vater und zum Lehrer, die immer geprügelt haben. Geschadet hat es nichts, man wird so abgehärtet für das Leben. Ich war ja auch bald stärker als meine Mutter. Ich machte, was ich wollte. Das hat mir schon früh große Schwierigkeiten gemacht. Aber ich habe mich durchgesetzt. Das Leben ist ein Kampf. Das habe ich früh gelernt. Der Stärkere gewinnt.

Sie hat immer zu mir gehalten. Die Post habe ich stets ausgetragen. Das mußte sein. Ich habe zu der

Sau geschaut. Immer im Februar ist eine neue gekommen. Im Frühling und im Herbst habe ich die Gülle auf das Feld geführt, unsere und die der Sau. Das hat erbärmlich gestunken. Die Schwestern waren schon ausgezogen, und der Bruder hat in Basel eine Kaminfegerlehre gemacht. Ich habe die Gülle aus dem Güllenloch geschöpft in eine Holzkarrette hinein, die dafür da war. Ich habe dann die Karrette auf die zwei Äcker gefahren und habe die Gülle mit dem Küfi schön verteilt. Das war damals wie im Mittelalter.

Ich weiß noch, wie ich zum ersten Mal gepaarte Schuhe bekam. Früher waren beide Schuhe gleich, der rechte und der linke. Der Vater, das weiß ich noch, holte in Laufen das Leder und bestellte den Schuhmacher. Der kam, setzte sich in die Küche, nahm Maß an den Füßen und machte die Schuhe, beide gleich. Eines Tages sagte er, es gebe jetzt etwas Neues. Er nahm wieder Maß, machte dann aber zwei verschiedene Schuhe, einen für den rechten Fuß und einen für den linken.

Mehr weiß ich nicht zu berichten von meiner Mutter Marie. Sie ist gestorben, als ich 18 war und bereits meine Konditorlehre in Laufen machte. Auch an Tuberkulose, wie mein Bruder. Das lag in der Familie. Deshalb habe ich nie geraucht.«

Hunkeler schloß die Augen. Er spürte, wie Tränen herausdrückten, er hörte sie aufs Heft tropfen. Die kalten Finger der Nacht, dachte er, die Knochenfinger des Todes. Und das starke Herz des Freddy Lerch.

Er war ziemlich betrunken, das war ihm klar. Aber

es war ihm auch klar, daß ihm das egal war. Wann zum Teufel hatte er denn das letzte Mal geweint? Vor einem Jahr, vor zwei, vor drei Jahren? Bei seiner Scheidung? Oder damals, als seine Tochter Isabelle wortlos aufgestanden war und die Wohnung verlassen hatte. Oder war es am Sterbebett seines Vaters gewesen, als er den Kampf des alten, verbrauchten Mannes mit dem Tode beobachtet hatte?

Nein, damals hatte er keine Träne vergossen. Warum auch? Dieses Sterben hatte etwas Großartiges, Bezwingendes gehabt. Die beruhigende Hand Seiner Majestät, die das Leben abholte, fiel ihm ein. Er schluchzte jetzt richtig, es schüttelte ihn vor Trauer, vor trunkenem Elend. Gut war dieses Schluchzen, beruhigend, tröstlich.

Er grinste plötzlich, schneuzte sich, trocknete sich die Tränen ab. Da hatte er einen guten Fund gemacht. Das war sein Kollege, der Freddy. Er würde dieses Heft behüten, geschehe, was wolle.

Er legte es in den Eisschrank zurück, ging ins Schlafzimmer hinüber und zog sich aus. Das Nachthemd duftete seltsam, nach einem fremden Mann.

Ende der Woche fuhr er mit Hedwig ins Elsaß.

Am Morgen kurz vor neun hatte er sich noch einmal den Rhein hinuntertreiben lassen, mitten im Fluß, ausgestreckt auf dem Rücken, Blick im Himmel, durch den die Mittlere Brücke glitt. Das leise

Geräusch der Kiesel in den Ohren, die zunehmende Kühle im Leib. Er hatte sich wohlig gefühlt, aufgenommen vom Wasser, behütet im Fließen. Weinen ist gut, hatte er gedacht, als er an Land gestiegen war. Tränen sind Salzwasser, das Ziel alles Fließens, ein Stück Heimat.

Er hatte das Badehaus bald verlassen, denn der Einzug der fröhlichen Sommerleute fand statt. Müde Proleten, der Blick noch verhangen vom Vorabend – das Bier, das beruhigende, tröstende –, junge Mütter mit krummbeinigen Kindern, die an den Oberarmen rote Luftkissen trugen und aufgeregt krähten, schöngliedrige Jungfrauen, begierig, sich dem Sonnengott Sol hinzugeben. Luftmatratzen, Sonnenschirme, knallrot und eigelb, das Plastikzeitalter schlug erbarmungslos zu.

Er hatte sich in den Sommereck-Garten gesetzt und Zeitungen gelesen, drei Stück hintereinander. Im Grunde stand in allen das gleiche, über Bosnien und über die Hitzewelle. Aber drei Zeitungen waren eben doch besser als bloß eine. Es hätte ja sein können, daß trotz der allgemeinen Gleichmacherei jemand der schreibenden Zunft plötzlich eine eigene Meinung geäußert hätte. Dem war auch heute nicht so. Hingegen las er im Lokalblatt eine amtliche Mitteilung, kleingedruckt, einspaltig, knapp und präzise, die besagte, daß Freddy Lerch, geboren am 1. Februar 1916, von Beruf Konditor, ledig, am kommenden Montag, 14 Uhr, auf dem Friedhof Hörnli bestattet werden würde.

Er legte die Zeitungen auf einen Haufen und stellte den Aschenbecher darauf, damit sie der Wind nicht fortblies. Aber das wäre nicht nötig gewesen. Die Luft stand still, rührte sich nicht. Kein Finger griff in das Laub der Kastanien, eine Hitze wie zu Pharaos Zeiten.

Jetzt fuhr er mit Hedwig über die Sundgauer Höhen, vor sich die dunklen Vogesen, links und rechts die sattgrünen Maisstauden.

»Wo nehmen die eigentlich das Wasser her?«

»Was sagst du?« Sie war eingenickt, mit hochrotem Kopf, sie schaute ihn an mit schläfrigen Augen.

»Ich frage mich, woher die Maisstauden das Wasser nehmen bei dieser Dürre. Das ist doch alles ausgetrocknet, metertief. Und die Maisblätter sehen aus, als bräuchten sie einiges an Flüssigkeit.«

»Deine Probleme möchte ich haben.« Sie räkelte sich und schlief sogleich wieder ein.

Das Haus war kühl, ein Lehmbau, und Lehm, so hatte ihm der alte Zimmermann Felix Schmitt gesagt, isolierte hervorragend.

Sie setzten sich in die Küche, gossen Tee auf, aßen Aufschnitt und Käse, wortlos, den Katzen zuschauend, die schnurrend Büchsenfleisch fraßen. Dann legten sie sich aufs große, hohe Bett, nackt und warm, Haar in Haar, Knie über Knie, und er griff ihr zwischen die Beine.

Als er erwachte, war es seltsam ruhig. Kein Ton, kein Rascheln, kein Flüstern. Niemand rief, keiner brauchte Hilfe. Und er hatte doch irgend etwas geträumt von hereinbrechendem Wasser, von einer Flut, die das Land zu überrollen drohte. Gut, bin ich Rettungsschwimmer, dachte er, auf mich ist Verlaß, ich hole jeden heraus.

Er schob Hedwigs Schenkel von seinem Bauch, er roch den Duft seines Spermas. Der war sich gleichgeblieben, seit er zwölf war, eine Konstante in jungen und alten Jahren. Immerhin etwas, worauf Verlaß war.

Der fremde Schenkel schien ein Teil von ihm selbst zu sein, träge und eigensinnig verharrend. Fremd wie der Geruch im Hemdsärmel gestern abend und doch unglaublich intim. Er war nicht abzuweisen, nicht wegzuschieben ins Pfefferland, er würde immer da neben ihm auf dem weißen Laken liegen.

Er erhob sich und öffnete das Fenster. Die Windstille draußen war fast beängstigend. Kein Blatt der Pappel bewegte sich, kein Vogel pfiff. Am Himmel hing eine gelbe Wolke, bauschig aufgetürmt, aus dem Nichts geboren, um Pharao samt seinen Reitern zu ersäufen. Drüben über dem Jura lag es schwarz. Es zuckte darin, es wetterleuchtete darüber. Dann fuhr ein Blitz hindurch, und nach einer Weile war das Rollen des fernen Donners zu hören.

Er holte das blaue Heft des Freddy Lerch aus der Tasche, ging hinaus und setzte sich auf die Bank vor der Hausmauer. Ein leichter Wind war jetzt da, ein Wehen in den Bäumen. Drüben über den schwarzen Hügeln blitzte es fast ununterbrochen, eine Regenwand hatte sich zwischen Himmel und Erde geschoben. Er las, was mit FRÜHES STREBEN überschrieben war, mit Ausrufezeichen und zweimal mit Lineal unterstrichen.

»Wenn ich mein Leben überdenke und mich innerlich frage, was mir in meinen jungen Jahren am meisten gefehlt hat, so komme ich auf die Antwort, daß es mir am meisten an der starken, führenden Hand meines Vaters mangelte. So wuchs ich auf wie ein wildes Fohlen, das nicht zu bändigen ist. Meine Mutter ließ mich machen. Ich erfuhr ihre sorgende Liebe, aber nicht ihren festen Zwang. So geschah es, daß ich schon früh in Schwierigkeiten kam und meine Hörner selbst abstoßen mußte. Der Lehrer fand nicht den richtigen Zugang zu meinem heißen Herzen. Es gab eine Gesamtschule damals in Barzwil. Was das bedeutete, kann man sich unschwer vorstellen. Acht Jahre lang hatte ich den gleichen Büffel. Ohrfeigen mitten ins Gesicht, genau abgezählte Schläge mit dem Haselstecken auf Handteller und Gesäß. Zum Glück habe ich stets eine schnelle Auffassungsgabe mein eigen genannt. So bin ich nie sitzengeblieben. Aber ich lernte zu wenig, um mein eigentliches Berufsziel, das Erlernen des Maschineningenieur-Berufs, zielstrebig verfolgen zu können.

Als der Büffel einmal einen schwachbegabten Kameraden, der mitten in der Stunde in die Hosen gemacht hatte, so fest verprügelte, daß dieser kaum mehr stehen konnte, habe ich eingegriffen. Ich hätte es nicht tun sollen, aber ich habe es getan, und ich muß gestehen, daß ich es noch heute nicht bereue. Ich ging nach vorn, ich war damals schon fast 15 und kräftig. Ich nahm ihn an beiden Oberarmen und drückte ihn gegen die Wand, daß er ganz weiß wurde im Gesicht. Mehr habe ich nicht getan, aber das hat gereicht.

Der Gemeindevorsteher, auch so ein Büffel, kam zu uns nach Hause und verbot der Mutter, mich in die Schule zu schicken. Es gab ein großes Theater, und ich kann es meiner treuen Mutter verdanken, daß ich nicht in die Festung Aarburg kam. Ihr hat dieser Vorfall mehr zugesetzt, als sie gezeigt hat, es hat ihr innerlich das Herz gebrochen. Aber ich konnte nicht anders, verzeihe mir Jesus Christus.

Da mein Lehrvertrag mit der Konditorei Montavon in Laufen bereits unterschrieben war, trat ich einige Monate später meine Lehrstelle an. Mit frischem Mut, ich ließ mich nicht unterkriegen. Dort habe ich gearbeitet wie ein Negersklave. Zwölf bis vierzehn Stunden pro Tag, auch am Samstag. Um drei am Morgen aufstehen, Teig anrühren, kneten. Dann die Patisserie. Vanille, Mandeln usw. Die schweren Zucker- und Mehlsäcke schleppen. Das Brot austragen, die Torten, Teigmaschine putzen, Backofen reinigen. Das waren lange Tage. Ich bereue sie nicht. Ich habe gelernt zu arbeiten. Ich habe die Lehrabschlußprüfung mit der Note Gut bestanden.

Es rief das Vaterland. Ich wollte eigentlich keinen Militärdienst tun. Aber damals regierten in Deutschland die Nazis, und ich habe ohne zu murren die Flabrekrutenschule in Payerne gemacht. Ein großer Stumpfsinn, zugegeben. Aber die Armee muß sein, sonst kann uns jedes fremde Land befehlen. Und die Kameradschaft war ganz ausgezeichnet.

Schon früh haben die Frauen in meinem jungen Leben eine beachtliche Rolle gespielt. Ich gebe das zu, ohne rot zu werden. Warum sollte ich auch? Das gehört zur Natur. Ich achte jede Frau, ich halte sie hoch. Sie sind unsere Entsprechung. Vielleicht kommt diese Hochachtung von meiner Mutter, die ich über alles geliebt habe. Deshalb mochten mich die Frauen stets, weil ich sie achte. Und ich gestehe, daß sie mich noch immer, wo ich jetzt alt bin und diese Zeilen schreibe, mögen. Es war auch etwas an mir, das hat ihnen gefallen. Ich wollte sie nämlich nie besitzen oder sogar heiraten. Ich wollte nur lieb sein zu ihnen. Sonst ließ ich sie in Ruhe. Das hat ihnen imponiert und imponiert ihnen noch heute. Bis auf eine. Die hat mir den Bogen gegeben.

Ihren Namen nenne ich nicht. Sie lebt noch heute. Ich habe sie besucht, als ich zurückkam von der See. Sie hatte immer noch die gleichen goldgelben Augen. Wie Bernstein. Immer noch zierlich und fein. Und ich bin sicher, daß sie noch heute so aussieht. Ich könnte mich sofort wieder in sie verlieben, weil ich sie liebe. Sie mich auch. Das habe ich sogleich gesehen. Das merkt man, wenn man sich liebt.

Sie war damals, als ich sie kennenlernte, schon verheiratet. Sie hatte ein Kind und war katholisch. Das war das Unglück. Sie konnte sich nicht freimachen. Das habe ich begriffen, wenn auch mit Mühe. Das war ein Schmerz.

Es geht ihr gut. Sie lebt in besseren Verhältnissen. Aber auch ich hätte ihr ein rechtes Auskommen bieten können.

Das war eine harte Schule für mich. Ein Riß in meinem Leben. Ich habe ihn nie ganz überwunden. Es wäre doch gegangen mit uns. Aber der Mensch braucht eine Niederlage, sonst wird er übermütig. Die Bäume wachsen nicht in den Himmel.

Ich ging dann zur See. Davon handelt das nächste Kapitel, das ich mit AUFBRUCH INS UNBEKANNTE überschreiben will.«

Weiter kam Hunkeler nicht. Der Wind hatte den Garten erfaßt. Er riß an der Pappel, an der Weide, griff ins Heft, daß die Seiten flatterten. Hoch oben flog ein roter Plastiksack vorbei. Er öffnete das Hemd, spürte die frische Luft am Leibe.

Kein Baum wächst in den Himmel, dachte er. Und ich habe es damals nicht einmal fertiggebracht, von der Mittleren Brücke zu springen. Von der See nicht zu reden. Ich bin kein Brückenspringer geworden, kein Matrose auf hoher Windjammer-Rahe. Ich bin ein braver Süßwasserschwimmer geblieben.

Er spürte Hedwig hinter sich, schloß fast verschämt das Heft und drehte sich um. Da stand sie am

Fenster, mit schönen, schweren Brüsten, verquollenen Augen.

»Was ist los?« fragte sie.

»Warum?«

»Wie lange habe ich geschlafen?«

»Keine Ahnung. Vielleicht zwei Stunden.«

Große Tropfen knallten auf den Tisch. Die Pappel bog sich wie ein Grashalm.

»Was hast du denn?« fragte sie. »Weinst du schon wieder?«

»Nein, das ist der Wind.«

»Ach so«, sagte sie, »es regnet ja. Endlich.«

Sie legte ihm die Hand in den Nacken, streichelte ihn. Gemeinsam schauten sie zu, wie der Regen einsetzte, ein kühles Rauschen.

Sie saßen bei Jaeck, aßen Quiche Maison und Salat, tranken Beaujolais mit Mineralwasser, neben sich Wiemkens trauriger Clown. Das Fenster stand offen, draußen fiel Sommerregen.

»Ich rieche nicht mehr wie früher«, sagte er. »Hast du das bemerkt?«

»Ja.«

»Als ob ein Fremder in meiner Haut stecken würde. So ist das.«

»Du bist immer noch der gleiche. Da steckt kein Fremder in dir drin. Du bist immer noch derselbe sture Bock wie früher, als ich dich kennengelernt habe.«

»Du könntest bitte ein bißchen lieber sein zu mir«, sagte er, beleidigt wie eine Katze. »Ich leide nämlich unter diesem fremden Geruch.«

Sie stopfte sich den Mund voll, schmatzte, nahm einen Schluck aus dem Weinglas. »Ihr Männer seid doch die allergrößten Kindsköpfe«, sagte sie kauend. »Kaum ist einer im Klimi, fängt er an zu heulen.«

»Wie bitte?«

»Klimi, Mann«, sagte sie, kühl bis ans Herz. »Du bist im Klimakterium. Verstehst du? Du veränderst dich zu einem alten Mann.«

»Und dann stinkt man, im Klimi?« Ungläubig kam das, scharf wie im Verhör.

»Ja, dann stinkt man. Und auch Frau stinkt im Klimi. Im übrigen bitte ich dich, mich nicht mehr zu quälen mit deinem Polizistenton. Ich sitze nämlich freiwillig hier. Weil ich dich liebe. Ich frage mich allerdings, warum.«

Sie lehnte sich zurück, streckte die linke Hand aus dem Fenster, die Mutterhand, wie ihm auffiel, auf die Regentropfen fielen.

Er grinste höhnisch, besserwisserisch, schwieg überlegen. Das war seine beste Waffe, das Schweigen. Diesmal stach sie nicht, er hatte einfach keine Chance. Sie schenkte sich ein, hob das Glas zum Mund, zeigte einen veritablen, erstklassigen Augenaufschlag und sprach: »Liebst du mich immer noch, du alter Mann?«

Er prustete los. Er spie das Stück der Quiche, das er eben reingeschoben hatte, auf den Tisch, es schüttelte ihn, er wieherte wie der allerletzte, ausgemusterte Gaul. Sie schaute ihm noch immer ins Gesicht, mit klimpernden Wimpern, sie mimte die Jungfrau vom Lande. »Siehst du«, sagte sie, als er sich beruhigt hatte, »lachen wir doch darüber. Du weißt doch das alles schon längst.«

»Ich liebe dich aus drei Gründen«, sagte er.

»Hör auf.« Sie rümpfte die Nase.

»Erstens: Weil ich gern mit dir schlafe. Zweitens: Weil du gern mit mir schläfst. Drittens: Weil du so gut lachen kannst.«

Sie zog die Hand zurück aus dem Regen, strich sich die Tropfen auf die Stirn, überlegte.

»Sag einmal, was ist das eigentlich für ein Heft, in dem du auf der Bank draußen gelesen hast?«

»Das ist das Heft des Freddy Lerch.«

»Und woher hast du dieses Heft?«

»Ich habe eingebrochen in seine Wohnung und habe es gestohlen.«

Sie erschrak. Sie wußte, daß er die Wahrheit sagte.

»Bist du wahnsinnig geworden?«

»Vielleicht.«

Er grinste verlegen, seine Lippen zitterten, flatterten. Er hätte gern etwas gesagt, er wußte nicht was.

»Jetzt ist mir eingefallen, warum ich dich liebe«, sagte sie, mit kühlen Augen, es gab kein Entrinnen. »Erstens: Weil ich hin und wieder gern mit dir schlafe. Zweitens: Weil du gescheit bist. Drittens: Weil du spinnst.«

Er bestellte einen Marc de Bourgogne, en ver de

Cognac, im Schwenkglas. Er wollte den Duft riechen, den herben, weichen.

»Ich bin müde«, sagte Hedwig, »ich möchte heimfahren.«

»Nur fünf Minuten«, bat er, »ich will dir eine Geschichte erzählen.«

»Bitte«, sagte sie und gähnte, »sprich dich aus, mein Sohn.«

Er hob den Marc an die Nase, schnupperte. Ein Duft wie Honigholz, ein Geruch, der sich nie verändern würde. Immerhin das.

»Ich bin in einer Kleinstadt im schweizerischen Mittelland aufgewachsen«, fing er an.

»Das weiß ich.« Sie rümpfte die Nase, aber nur ein bißchen.

»Sie ist wichtig, diese Einleitung«, behauptete er, »sonst verstehst du die Geschichte nicht.«

Sie hob das Weinglas an den Mund, ließ wieder die Wimpern klimpern, aber er lachte nicht, und sie hörte auf.

»Dieses Städtchen ist der Schauplatz der Geschichte, die ich erzählen will. Und hör mir jetzt verdammtnochmal zu.«

»Ach dieser ewige Schwachsinn«, sagte sie und stellte das Glas mit einem trockenen Klang auf den Tisch zurück.

Er ließ sich nicht beirren. »In dieser Kleinstadt«, fuhr er weiter, »gab es eine Ringmauer. Altes Gemäuer, Plumpsscheißen, kalt und windig. Dort wohnten die Armen.

Als ich neun war, saß in meiner Schulklasse einer aus der Ringmauer. Ich weiß noch, wie er hieß. Fernand. Ein französischer Name. Komisch, nicht?«

Er grinste sie an, aber sie verzog keine Miene.

»Der konnte überhaupt nichts. Im Turnen nicht, im Schreiben nicht, im Rechnen nicht. Er hatte eine dikke Brille vor den Augen, die seine Pupillen wie eine Lupe vergrößerte. Dauernd schiß er in die Hosen, beim Diktat, auf der Schulreise, immer hatte er diesen warmen Klumpen am Hintern. Das stank auf zehn Meter Distanz, aber uns war das im Grunde egal. Wir wußten, daß er aus der Ringmauer kam, und er war nie böse zu uns. Kannst du mir folgen, Schlafgenossin?«

Sie nickte, sie gähnte.

»Wir hatten einen Lehrer, den nannte man Näppu. Das war ein Mann von Prinzipien. Der hatte einen Haselstecken stehen, direkt neben dem Pult. Einen Meter lang, geschält, biegsam. Der hat uns gleich in der ersten Stunde den Tarif erklärt, wie viele Schläge für welches Vergehen.

Mir war das gleich. Ich kam aus einer durchschnittlichen Familie. Wenig Geld, aber eine liebe Mutter. Auch ich habe mehrere Male die linke Hand hingestreckt, um die Streiche zu empfangen, obschon ich der Gescheiteste der Klasse war. Ohne mit der Wimper zu zucken. Die Hand war danach jeweils rot angeschwollen.

Eines Morgens stellte sich der Näppu dicht hinter Fernand hin, ihn überragend, beschattend. Den Stekken hielt er in der rechten Hand. Es gab noch keine Kugelschreiber damals, wir schrieben mit Tinte. Das Tintenfaß war rechts ins Pult eingelassen. Feder in Tinte, nicht zu tief, sonst fiel der Tolggen; Feder aufs Heft, aber nicht zu fest, sonst kratzte sie; und alles locker, ohne Verkrampfung bitte.

Genau das konnte Fernand nicht. Es war ihm schlicht unmöglich. Weiß der Teufel warum. Vielleicht hatte er nicht die richtige Feder oder nicht die richtige Brille oder nicht die richtige Mutter. Er brachte es nicht fertig, die Feder aus dem Tintenfaß zu heben und aufs Papier zu setzen, ohne daß ein Tolggen fiel. Das wußten wir alle, wir kannten ihn ja.

Näppu sprach: ›Hör, Fernand, für jeden Tolggen gibt es einen Schlag mit dem Haselstecken auf deinen Kopf. Sind zehn Tolggen respektive Schläge gefallen, nehme ich dich nach vorn. Und dort gibts zehn Schläge mit dem Stecken auf deinen Hintern, vor der ganzen Klasse.‹

Fernand zitterte bereits. Die Tränen liefen ihm über die Wangen, der erste Tolggen fiel. Wumm, der erste Schlag auf Fernands Kopf. Wir alle hielten den Atem an, aber wir weinten noch nicht. Denn das war noch ziemlich normal.

Beim zehnten Schlag zitterte die ganze Klasse. Das ging zu weit, was jetzt kam, das war unmenschlich, unchristlich, das wußten wir alle. Näppu griff sich Fernand, der war nicht schwer, ein Häufchen Elend. Er schleppte ihn zwischen den Bänken hindurch nach vorn. Niemand stellte sich ihm in den

Weg, auch ich nicht, der ich gescheit und schon ziemlich stark war. Vorne auf dem Podest versuchte der Näppu, sich Fernand aufs linke Knie zu legen, um ihm den Arsch zu verhauen. Doch der entwischte ihm erstaunlicherweise. Wir hofften alle einen Augenblick lang, er würde zur Tür hinausrennen, aus dem Schulhaus fliehen und auf Nimmerwiedersehen in den umliegenden Wäldern verschwinden. Aber nein, Fernand blieb. Er wandte sich zum verdutzten Näppu zurück, ging auf die Knie, faltete die Hände, sprach schluchzend: ›Bitte nein, bitte nein!‹ Das war zuviel, selbst für den alten Näppu. Wir sahen, wie ihm die Tränen der Rührung in die Augen drangen, fast hätten sie ihn übermannt. Aber nichts da, Gerechtigkeit mußte sein. Er griff sich Fernand wieder, legte ihn sich wie ein Stück Wäsche übers linke Knie und hieb ihm die zehn Schläge auf den Hintern.

Die ganze Klasse weinte, aber was solls? Fernand durfte anschließend nicht einmal nach Hause gehen. Er mußte bleiben. Er schlich zurück auf seinen Stuhl. Stumm. Erledigt.«

»Warum erzählst du mir das?« fragte sie.

»Wenn ich etwas bereue in meinem Leben, und ich bereue fast nichts, so ist es die Tatsache, daß ich damals nicht nach vorn gegangen bin und den weinenden Fernand an der Hand genommen habe.«

Am Sonntag morgen führte der Rhein Hochwasser. Hunkeler war erst gegen Mittag nach Basel zurückgefahren. Er hatte die Kühle der Nacht genossen, das Fallen der Tropfen auf die Blätter draußen. Er hatte gut geschlafen, den Leib Hedwigs neben sich, über sich die warme Decke. Beim Frühstück hatten sie nicht viel geredet, nach wortreichen Abenden pflegten sie zu schweigen.

Das Badehaus war fast leer. André war da, der braungebrannte Werner, einige Jungfrauen. Der Kiosk war geschlossen. Die Stege unten waren meterhoch überschwemmt vom lehmbraunen Wasser. Die Enten fehlten.

Hunkeler setzte sich an seinen gewohnten Platz, schaute hinaus auf den reißenden Fluß. Allerlei Astwerk trieb vorbei, kleinere Bäume, von der Wucht der Flut entwurzelt. Ein leerer Tanker glitt flußabwärts, auffallend schnell.

Ein Mann näherte sich, den er flüchtig kannte, ein Rentner der üblen, dummen Sorte. Er getraute sich kaum, aber er schaffte es doch, stellte sich vor Hunkeler hin und streckte ihm ein Foto entgegen.

»Ich bin Gründungsmitglied des Vereins Rheinbad St. Johann«, sagte er. »Jetzt schauen Sie sich das an, Herr Hunkeler, wenn ich bitten darf. Dieses Foto habe ich gestern am späten Nachmittag aufgenommen, dort vor dem Kiosk.«

Er schien sich seiner Sache sicher zu sein, er triumphierte fast. Aber ganz reichte es eben doch nicht.

Hunkeler nahm das Foto und schaute es an. Er sah den offenen Kiosk, er sah Frau Lang, die sich hinauslehnte und einem weißen Pudel, der sich auf die Hinterbeine gestellt hatte, ein Stück Wurst hinstreckte. Alles in Farbe, aufgenommen mit einer Polaroid-Kamera. Er hob den Blick, blinzelte kurz, obschon die Sonne nicht schien, und fragte: »Und?«

Jetzt wich der Triumph aus dem Gesicht des Mannes, Empörung machte sich breit, ein ungläubiges Staunen über so viel Ungerechtigkeit auf der Welt. »Aber Hunde sind doch verboten im Badehaus. Das steht in den Statuten.«

Hunkeler schaute interessiert in das alte Männergesicht. So sieht die Schweiz aus, dachte er, abgestorben, blöd, verkommen.

Er schmiß das Foto auf den Tisch, sagte: »Leck mich am Arsch.« Dann erhob er sich, schob den Mann zur Seite und ging hinaus. Unglaublich, dachte er. Der ist gesund, hat eine Rente, wohnt in einer angenehmen Stadt mit einem Fluß, in dem man schwimmen kann. Und über was regt er sich auf? Über einen weißen Pudel, der auf den Hinterbeinen steht.

Der Regen hatte aufgehört, der Asphalt war noch feucht. Die Malven, die aus den Ritzen der Böschung wuchsen, hatte der Sturm niedergedrückt.

Hunkeler brauchte Wasser. Eine Woge, um diesen Stumpfsinn wegzuspülen. Eine Sturmflut, um diese Wohlstandsreiter, die sich mit ihren Schweizer Franken die halbe Welt Untertan machten, zu ersäufen. »Pfui Teufel«, sprach er, »pfui Teufel.«

Der Wasserpegel war nicht mehr zu sehen unter der lehmigen Brühe. Ein Stück der Treppe beim Hotel Drei Könige war aber noch frei. Er stieg hinab, er spürte die ungeahnte Kälte am Bauch. Wie war denn heute die Wasserqualität? Befriedigend bis gut oder immer noch schlecht? Lehmig-dreckig oder schlicht bräunlich-blöd? Oder war etwa ein Tolggen hineingefallen?

Er stieß sich ab, warf sich nach vorn. Die Strömung riß ihn gleich weg, zog ihn mit, trieb ihn der Grenze, dem Meer entgegen. Eine Kälte war das, erfrischend wie in einem Bergbach. Es drehte ihn herum wie einen Baumstamm, es hob ihn hoch und riß ihn gleich wieder in die Tiefe. Er lebte, der Fluß. Die eisigen Finger der Sintflut, dachte er. Und dann machte er etwas, was er eigentlich gar nicht mehr konnte. Er jauchzte.

Die Einstiegsstufen zum Badehaus mußte er mit den Füßen ertasten, zu sehen waren sie nicht. Er duschte sich nicht, er liebte den Dreck auf seiner Haut. Langsam watete er über den glitschigen Steg, stieg die Treppe hoch und sah Detektiv-Wachtmeister Madörin am Tisch sitzen, in Rock und Krawatte.

Was wollte der? Suchte er etwas, vielleicht ein verschwundenes Heft mit der Lebensgeschichte eines verstorbenen Seemanns? Hunkeler trat hinzu, griesgrämig scheinbar, aber er war auf der Hut.

»Ich bin eben mal zufälligerweise vorbeigekommen«, sagte Madörin. »Da wollte ich schauen, ob der Johnny Weissmüller daheim ist. Und siehe da, er ist zu Hause. Bei Sturm und Regen durch den Dschungelfluß der Großstadt kraulen, nicht wahr? Ja ja, der eisenharte Kommissär. Wer hätte das gedacht?«

»Was ist los?« sagte Hunkeler, »gehts dir nicht gut?«

»Ich wollte nur mal auslüften. Auf andere Gedanken kommen. Der Polizeiberuf ist ja, wie du weißt, nicht nur eitel Honiglecken. Wenn du nicht aufpaßt, hast du plötzlich den Schwarzen Peter in der Hand.«

Ach so, so war das. Hunkeler grinste.

»Hör auf zu grinsen«, sagte Madörin, »ich ertrage das heute schlecht.«

»Und du hör auf, so saublöd zu philosophieren.«

Madörin schaute ihn an, direkt und offen, ein trauriger Hundeblick.

»Jetzt erzähl schon«, sagte Hunkeler.

»Silvan Lerch ist abgehauen.«

»Was?« Hunkeler sprang auf. »Seid ihr wahnsinnig? Seid ihr wirklich die allerletzten Idioten?«

»Warum?« Das kam fast flehend. »Ich habe gemeint, der Fall interessiere dich nicht, du wolltest eine ruhige Sommerkugel schieben.«

Hunkeler wandte sich ab. Am liebsten hätte er den Kollegen gepackt, geschüttelt, geohrfeigt. So ein Schwachsinn, so ein Stumpfsinn. Und jetzt war wohl die gesamte Polizei Europas hinter dem Schlingel her.

»So produziert man Kriminelle«, schrie er. »Wißt ihr das nicht? Der hat doch nichts verbrochen, der hat bloß einen gerissenen Deal versucht. Das war doch nichts Illegales, was er versucht hat.«

»Im Koffer drin waren drei Kilo Heroin. Und hat er

das Geld für den Luxuswagen tatsächlich von seinem Großonkel bekommen? Kannst du das beweisen? Hat er vielleicht nicht schon vorher gedealt? Ganz illegal, meine ich?«

Hunkeler setzte sich. Nur Ruhe, Ruhe. Sonst merkt er etwas.

»Wann ist es passiert?«

»Vor zwei Tagen. In der Volkszahnklinik. Er hatte eine geschwollene Backe. Haller hat ihn hingebracht. Aber wir dürfen ja nicht mit in den Behandlungsraum, sonst könnte ja jemand an seiner Seele Schaden nehmen.«

Bitter tönte das, als ob einer alle frommen Illusionen verloren hätte.

»Ab durchs Toilettenfenster, wie üblich. Auf Nimmerwiedersehen. Der ist längst über die Grenze. Staatsanwalt Suter tobt. Und Haller ist ein gebrochener Mann.«

»Habt ihr ihn international ausgeschrieben?«

»Ja, noch am Freitag nachmittag haben wir nach Bern gefaxt. Das mußte wohl sein.«

»Wenn sie ihn jetzt schnappen«, sagte Hunkeler, »bekommt er mindestens fünf Jahre Zuchthaus. Und keine Rede von Bewährung.«

»Ich mag ihn doch auch«, sagte Madörin leise, »ich habe ihn sogar richtig gern bekommen. Ehrenwort. Aber er hätte eben reden müssen. Das hat er nicht getan. Im Gegenteil. Er hat steif und fest abgestritten, von seinem Großonkel Geld bekommen zu haben. Warum? Hast du vielleicht eine Ahnung?«

Hunkeler schluckte leer. Nein, er wollte nicht. Ums Verrecken nicht. »Vielleicht wollte er ihn schützen. Raushalten aus allem, über das Grab hinweg.«

»Das ist genau das, was ich nicht verstehe. Dem wäre doch kein Zacken aus der Krone gefallen, dem alten Mann. Besonders jetzt, wo er tot ist. Man müßte ihn eben fragen können, aber das kann man leider nicht mehr. Es wäre übrigens gut, wenn du Montag morgen vorbeikommen könntest. Vor allem wegen Suter, der führt sich auf wie ein wildgewordener Büffel.«

»Nein«, sagte Hunkeler, »das ist nicht mein Fall.« Er schaute hinaus zum Basler Dybli, das dicht am Kleinbasler Ufer flußaufwärts fuhr. »Ich kann ja am Nachmittag auf den Friedhof kommen. Als Privatmann, meine ich.«

Ein schneller Blick Madörins, lauernde, hinterhältige Hundeaugen.

»Ich habe es in der Zeitung gelesen. Eine amtliche Mitteilung.« Und nach einer Weile: »Ich fürchte, er wird nicht weit kommen.«

Hunkeler saß in der Küche und trank Tee. Er hatte einen Pullover angezogen, er schlotterte, die Kälte des Flusses steckte noch immer in ihm. Vor ihm lag das blaue Heft. Er las, wie Freddy Lerch ins Unbekannte aufgebrochen war.

»Wer aus einem Binnenland kommt wie ich, der

trägt naturgemäß das Verlangen nach der Weite der See in seiner Brust. Ich will nicht schlecht über mein Heimatland reden. Ich liebe es von Herzen, so wie sich das gehört. Es ist eines der schönsten Länder auf dem Erdboden, wie das allgemein anerkannt wird. Aber es fehlt ihm, trotz dem Basler Rheinhafen, der das Tor zur Welt ist, der Zugang zum Meer. Das macht auch viele seiner Bewohner so eng. Das ist meine Meinung.

Ich habe damals in der Zeitung des Bäcker- und Konditorvereins ein Stelleninserat gelesen, in dem auf einem Frachtschiff der Schweizer Reederei mit dem Namen Carona ein Meßboy gesucht wurde. Ich schrieb sofort hin, denn ich wollte wegen oben erwähnter Schwierigkeiten eine Zeitlang verschwinden. Zu meiner großen Freude bekam ich umgehend Antwort. Und schon am 3. September 1937 schnürte ich mein Bündel und fuhr los Richtung Le Havre.

Auf dieser Reise habe ich zum ersten Mal Paris, wo ich umsteigen und übernachten mußte, besucht. Was ist das für eine wunderbare, große Stadt. Da meine Mutter eine Welsche war, hatte ich keine größeren Sprachschwierigkeiten, ganz im Gegensatz zum Englischen, das ich mir in den kommenden Monaten mühsam aneignen mußte. Ich habe seither Paris zu wiederholten Malen immer wieder besucht. Und ich gedenke, meinen achtzigsten Geburtstag in der Seine-Metropole zu verbringen.

In Le Havre wartete auf mich die erste große Enttäuschung. Es stellte sich nämlich heraus, daß die

Carona, wo ich als Meßboy anheuerte, nichts anderes war als ein heruntergekommener Rosthaufen von nur 1200 Registertonnen, der ganz und gar nichts zu tun hatte mit dem stolzen Ozeandampfer, den ich mir in meiner noch immer kindlichen Phantasie ausgemalt hatte. Immerhin, das Schiff hielt sich wacker. Wir schafften die Überfahrt nach Havanna in knapp drei Wochen.

Wenn man sich jetzt vorstellt, ich hätte ein stolzes, freies Matrosenleben geführt, so muß ich berichtigen. Ich war einfach das Mädchen für alles. Abwaschen, Büchsen öffnen, Bier holen, Toiletten putzen, Boden schrubben, fast immer unter Deck. Die hohe See habe ich nur wenige Male zu sehen bekommen, vor allem am letzten Tag, als wir auf Havanna zu liefen. Da durfte ich an Deck, weil ich mich gut gehalten hatte, und alles mit ansehen. Es war gegen Abend, und die See leuchtete tiefblau im Scheine der untergehenden Sonne. Eine Unzahl fliegende Fische sprangen aus dem Wasser, mit gespreizten Flügeln wie Schwalben, nur heller und viel größer. Sie segelten mehrere Dutzend Meter weit über das Wasser und zischten dann wieder hinein. Das war eine unglaubliche Schönheit. Und ich wußte sogleich, daß ich richtig gehandelt hatte.

Diese Fische sind übrigens eine Delikatesse. Wir aßen sie in den Hafenstädten frisch vom Grill, auf der Straße. Man füllt sie dort mit Zimt, Pfeffer und Zwiebeln. Ein billiges Essen, das ausgezeichnet schmeckt und seinen Mann ernährt.

Was macht man nicht alles in der Jugend, über das man im Alter nur noch den Kopf schüttelt. Das ist das Vorrecht der Jugend, Dummheiten zu machen, die später zu Klugheiten werden. So sehe ich das. Man möge mir das komische Wort nachsehen.

Was habe ich für Dummheiten gemacht! Wir lagen damals zwei Wochen vor Havanna, bevor es weiterging nach Bremerhaven. Zucker nach Bremerhaven, dann mit Stückgut zurück nach Kuba. Das war unsere Paradestrecke. Ich gab mich ganz dem Vergnügen hin, das mir die weiße Stadt anbot. Viel Rum, viele Mädchen. Ich sage das ohne Scham. Denn wenn man fast drei Wochen lang in einen schwimmenden Käfig gesperrt ist und sich fast zu Tode schuftet, gibt man sich den Frauen hin, sobald man an Land geht. Das ist Natur. Ich muß auch sagen, daß jene Frauen nichts Anrüchiges an sich hatten. Sie lachten mit uns, sie sahen uns gern. Denn sie lebten von uns, wir bezahlten ihnen ein angenehmes Leben. Und wir behandelten sie besser als mancher Mann seine Ehefrau.

Ich habe immer Vorsicht walten lassen. Deshalb bin ich fast sicher, kein Kind gezeugt zu haben, was mich manchmal, wenn ich mein Leben überdenke, fast reut.

Am schönsten war es, wenn es Nacht wurde in Havanna. Das ging ganz schnell, eine langsame Dämmerung wie in der Schweiz gab es dort nicht. Wenn die Sonne unterging, wurde es sogleich dunkel, und dann kamen die Sterne. Eine Lichterpracht!

Dann setzten wir uns ins Beiboot und fuhren an die Mole, um festen Boden zu betreten. Am Morgen, wenn die Sonne aufging, fuhren wir zurück aufs Schiff.

Ich bin dann krank geworden. Nach knapp einem Jahr war das. Es wußte niemand richtig, was es war. Vermutlich die Malaria. Ich habe abgeheuert auf der Carona und habe mich bei einem Mädchen einquartiert. Ich hatte ein bißchen gespart, denn ich habe mein ganzes Leben lang aufs Geld geschaut. Das muß man, wenn man armer Leute Kind ist. Sonst kommt man unter die Räder.

Sie hat mich gesund gepflegt, drei Monate lang. Dann sagte sie, sie möchte mit mir zusammen gern ein Café au lait machen. Ein Café au lait ist ein Mischlingskind. Da wußte ich, was es geschlagen hatte, und bin abgehauen. Denn ich wollte nicht ein Kind machen und dann nicht bei ihm bleiben. Aber dableiben wollte ich auch nicht, ich wollte frei sein. Also floh ich.

Ich heuerte an auf einem Musikdampfer mit dem Namen Andalusia. Als Steward. Er befuhr die ganze Karibik, Kingston, Port au Prince, dann hinüber nach New Orleans und hinauf bis Baltimore. Ich verdiente gutes Geld, habe aber auch viel gearbeitet.

Man macht sich im allgemeinen falsche Gedanken vom Seemannsleben. Das kommt vor allem von den Liedern des Freddy Quinn. Diese Lieder haben mit dem wirklichen Leben auf See fast nichts zu tun. Nur wenn man eine Nacht lang vor Anker liegt in einem karibischen Hafen und gerade Landgang hat, dann knallen die Korken. Das geschieht aber nur selten. Der Rest ist Mühsal und Schweiß. Und ich habe immer noch meine verletzte Liebe mit mir herumgetragen, jahrelang. Das hörte nie richtig auf.

Etwas muß ich allerdings in aller Deutlichkeit sagen. Das Leben ist dort viel leichter, froher. Ich denke, daß das vor allem vom Himmel herkommt, der anders ist als bei uns, heller und größer, von der Temperatur, vom Wasser. Ich habe viel auf Deck gearbeitet, im Service. Ich war ein flotter Bursche, die weiße Uniform stand mir. Ich habe oft in den Himmel hinaufgeschaut in der Nacht, wie die Sterne vorbeizogen, langsam wie der Mond.

Ich habe mit der Zeit auch Spanisch gelernt. Das mußte sein, um mich mit den Leuten unterhalten zu können.

Um meine Einsamkeit zu überwinden, unter der ich nächtelang litt, habe ich versucht, meinen Jugendfreund Willy Holzherr aus Barzwil zu überreden, herüberzukommen. Sie haben einen Mechaniker gesucht, er hätte sich gut geeignet und hätte gut verdient. Er hat mir nicht zurückgeschrieben. Das war eine Enttäuschung.

Einmal ist ein Neuer gekommen, ein Schweizer, knapp zwanzig Jahre alt. Aus Steinen bei Schwyz. Wir sind eine Woche vor Havanna gelegen, und er hat sich in eines der Mädchen verliebt. Als wir in See stachen, schwatzte er uns die ganze Zeit die Ohren voll. Coiffeuse sei sie, er habe sich verlobt, und das nächste Mal, wenn wir Kuba anlaufen würden, würde er sie heiraten. ›Ach so‹, sagte einer von uns, ›wie heißt sie denn?‹ – ›Lucie‹, sagte er. – ›Aha‹, sagte ein anderer, ›wohnt sie vielleicht im vierten Stock des blauen Hauses über dem Hafen?‹ – ›Ja‹, strahlte er. – ›Und schläft sie in einer Gitterbettstatt mit weißen Rosen?‹ fragte ein Dritter, und trägt sie immer noch ein Silberkettchen an der linken Fußfessel?

So zogen wir ihn auf, und er weinte, als er es merkte. Es war eine harte Lehre für ihn, er blieb lange traurig.

Ich bin auf diesem Schiff geblieben, weil dort eine gute Stimmung und eine ausgezeichnete Kameradschaft war. Auf einem solchen Schiff hängt alles von der Führung ab. Sie darf nicht zu nachsichtig sein, aber auch nicht zu hart. Unsere Führung war gut. Der Kapitän war Norweger und hieß Thor Erikstad. Ein alter Seebär war das, schon seit über dreißig Jahren auf See, der gewaltige Mengen Rum vertrug. Aber er war kein Alkoholiker, er war stets auf dem Posten, wenn es ernst galt.

Überhaupt der Alkohol, der ist ein Problem auf See. Man lebt auf so einem Schiff fast wie im Mutterleib drin, wo im Grunde nichts Schlimmes passieren kann. Man ist gut aufgehoben im Bauch des Schiffes. Da liegt es nahe, sich dem Trunk hinzugeben, besonders in der Nacht, wenn man allein ist. Da muß man kolossal aufpassen, daß es einen nicht erwischt. Ich habe aufgepaßt.

Überhaupt habe ich mich in allem gemäßigt. Man

muß aufpassen, bevor es zu spät ist. Sonst nützt es nichts mehr. Die Gesundheit erträgt nicht alles. Ich habe das gemerkt damals, als ich Malaria hatte.

Nach drei Jahren bin ich zum ersten Steward befördert worden. Ein schöner Posten, ein guter Lohn. Ich hatte den ganzen Service unter mir. Ich habe immer geschaut, daß alles klappte, ohne daß ich jemanden ungerecht behandelte. Ich kann sagen, daß ich geachtet und beliebt war.

Ich blieb 17 Jahre auf der Andalusia. Damals habe ich mir mein kleines Vermögen erarbeitet, ich habe einiges gespart. Es ist mir in meinem Alter von großem Nutzen.

Die Jahre sind mir vergangen wie am Schnürchen. Vor allem während des Zweiten Weltkrieges war ich froh, zur See zu fahren. Ich hätte meine Zeit nicht als Soldat vertrödeln mögen. In der Karibik merkte man nicht viel vom Kriegsgeschehen. Man hörte zwar hin und wieder von deutschen Unterseebooten. Aber uns ist nie etwas passiert.

Der Entschluß, in mein Vaterland zurückzukehren, kam ganz plötzlich. Ich weiß noch, wie ich auf Zwischendeck stand an der Reling. Es ging gegen Abend, die fliegenden Fische pfeilten über das Wasser. Da dachte ich: So, das habe ich gesehen. Jetzt kehre ich heim.

Ich heuerte ab und blieb noch zwei Wochen in Havanna, bis ein Schiff kam, das mich nach Europa mitnehmen konnte. Fliegen wollte ich nicht, schließlich bin ich Seemann. Havanna hatte sich sehr verändert, seit ich hier angekommen war. Die Leute waren ärmer geworden, elender, das war wegen dem Diktator Battista, der ein großer Schurke war. Er wurde ja dann von Castro zu Recht vertrieben.

Ich suchte die Frau von damals, die von mir ein Café au lait haben wollte. Ich fragte mich durch, bis ich jemanden fand, der mir sagte, sie sei vor wenigen Jahren gestorben. Das war ein harter Schlag für mich. Denn nun hatte ich keine einzige intime Person, von der ich mich verabschieden konnte.

Ich schiffte dann ein und erreichte kurz vor Weihnachten 1955 Le Havre. Den Heiligen Abend verbrachte ich in Paris. Am Nachmittag suchte ich den Louvre auf und schaute mir die Mona Lisa an. Ein einmaliges Bild, diese Frau.

Am Stephanstag gegen Abend traf ich im Französischen Bahnhof in Basel ein und betrat Schweizer Boden. Ich mietete mich im Hotel Blaukreuz am Petersgraben ein. In den nächsten Tagen suchte ich eine Stelle und eine Wohnung. Das Dorf Barzwil habe ich nie mehr betreten.«

Hunkeler erhob sich, behutsam, als ob etwas hätte zerbrechen können. Er schloß das Heft mit der steilen Schrift, die er liebte wie seine eigene, und versorgte es im Eisschrank.

Den Pullover behielt er an, er fröstelte noch immer. Der Bach war doch kälter gewesen, als er gedacht hatte. Er stieg hinunter, setzte sich ins Auto und fuhr los.

Die Wirtschaft zum Kornhaus war geöffnet, was ihn erstaunte, denn die Stadt schien ausgestorben zu sein an diesem frühen Sonntag abend. Es saßen nur wenige Gäste da, meist junges Gemüse. Einen alten Bibliothekar sah er, einen ehemaligen Kommunisten, der noch im Mai 1968, als die Panzer des Warschauer Paktes Prag besetzt hatten, stur festgehalten hatte an der heiligen Doktrin. Hunkeler hatte das nicht vergessen, er hatte das Gedächtnis eines Elefanten, und er grüßte ihn nicht. Der Bibliothekar grüßte ihn übrigens auch nicht.

Des weiteren sah er einen Jazz-Bassisten und Graphiker im Nebenberuf, sympathisch rundlich anzuschauen. Der winkte ihm, und er nickte zurück.

Was suchte er hier? Er wußte es schon, aber er gab es nicht zu. Das hier war eine Szenenbeiz, die in war. Ein Biotop für suchende, kritische Leute, für Walfischretter und Polizistenhasser. Aber hatte denn die junge Frau mit dem kurzen, rötlichen Haar suchend und kritisch ausgesehen? Nein, die hatte entschlossen ausgesehen.

Er erhob sich und nahm eine Zeitung von der Wand, das einzige linke Blatt von einigem Format hierzulande. Er blätterte darin herum, er wühlte sich richtiggehend durch die Seiten. Er las mehrere Artikel an, stets war es das gleiche. Nichts als linke Enttäuschung und Rechthaberei. Die hohen Ozonwerte? Die Schuld der Autopartei, beileibe nicht die Schuld der Autofahrerinnen, zu denen mit Sicherheit auch viele Leserinnen dieser Zeitung gehörten.

Die Misere in Nicaragua? Die USA waren schuld, sicher nicht die Sandinistinnen, die die entscheidenden Wahlen verloren hatten. Der wirtschaftliche Zusammenbruch im Osten? Da war der Kapitalismus dran schuld und nicht die Gerontokraten, die vergreisten Arschlöcher in Moskau, die den Osten in den totalen Konkurs gewirtschaftet und so die Idee des Sozialismus abgewirtschaftet hatten. Immerhin habe es dort keine Arbeitslosigkeit gegeben, las er. Welch stupider Satz! Hätten es denn die senilen Tattergreise je zugelassen, daß die Mauer fiel, wenn sie nicht total pleite gewesen wären? Nein, nie und nimmer. Sie hätten die Panzer rollen lassen, wie gehabt. Nur konnten sie eben den Treibstoff nicht mehr bezahlen.

Die Zeitung ödete ihn an, diese rechthaberische Hilflosigkeit, die allerdings auch seine eigene war. Er war immer ein Linker gewesen, seit er sich erinnern konnte, mit Leib und Seele und Mutterhand. Und er würde immer ein Linker bleiben. Links hieß für ihn, die Wahrheit zu erkennen und auszusprechen, auch wenn das Mut brauchte. Aufstehen und einen üblen Lehrer an die Wand drücken, auch wenn das nicht Mode war. Nach vorn gehen und einen gedemütigten Mitschüler an der Hand nehmen. Sich von einer Frau freundlich verabschieden, wenn man einen Kontinent verließ. Und bitte nicht lügen, die eigene traurige Wahrheit akzeptieren.

Er trotzte. Er weinte fast. Er hätte gern geschrien, mit jemandem gestritten bis aufs Blut.

Da sah er einen ganzseitigen Artikel eines katholischen Pfaffen, den er flüchtig kannte. Er handelte von der Rösti, dem alten, bewährten Schweizer Kartoffelgericht, Trost und Labe ganzer Generationen. Die Rösti als vollkommene Form, als platten, nährenden Vollmond auf dem Tisch, und jede und jeder kann sich ein Stück abstechen davon, Mutter und Vater und Kind. Die Rösti als alles umfassenden Weltkreis, als ideale Form für die Umhegung der größtmöglichen Fläche mit dem kleinsten Wärmeverlust. Dieser Artikel war so frisch, so neugierig auf die eigenen Wörter geschrieben, daß Hunkeler um ein Haar wieder zu weinen anfing. Was war denn los, zum Teufel, was hatte ihn dermaßen sentimentalisiert?

Er erhob sich, hängte die Zeitung an die Wand zurück und ging hinaus. Es war Abend geworden inzwischen. Der Himmel hatte aufgeklart, eine helle Reinheit hing da oben. Als er über die Mittlere Brücke fuhr, sah er den Mond in der Dämmerung über Kleinbasel stehen. Er war noch nicht ganz rund. Aber er hing doch gelb und schön da oben.

Drüben an der Ecke Todtnauerstraße-Lorbeerstraße betrat er eine Telefonkabine und schaute nach. Es gab keine Denise Zaugg, die in Basel einen Telefonanschluß hatte. Er hätte auf dem Lohnhof anrufen und nachfragen können, aber er wollte nicht. Es ging niemanden etwas an, wie die junge, rothaarige Lady hieß.

Er parkte vor der Nummer 146 und machte sich daran, die Namensschilder an den Klingeln abzulesen. Es war fast dunkel, die nächste Straßenlampe hing über der Kreuzung vorn. Er beugte sich vor und strengte die Augen an. Eine Hornbrille hätte er gebraucht, mit scharf geschliffenen Gläsern.

»He, Manno«, rief jemand von der Straße her, »suchst du das Schlüsselloch, oder bist du betrunken?«

Er drehte sich um und sah einen Streifenwagen. Es war das Alarm-Pikett 3 mit Korporal Edi Kälin, er erkannte ihn sogleich. Einen Augenblick dachte er daran wegzurennen. Warum hatte er den Wagen nicht kommen hören, er Idiot?

»Wo brennt's denn, Manno?« rief Kälin jovial, er konnte durchaus auch freundlich sein, wenn er gute Laune hatte. »Komm doch einmal her und zeig deinen Ausweis.«

Hunkeler trat aus der Türnische heraus, betont langsam. Nur keine Hast, nur Schuldige rennen. Sorgfältig setzte er sein Sonntagsgesicht auf und salutierte.

»Guten Abend, Herr Kälin. Suchen Sie etwas Bestimmtes?«

»Ach so«, sagte Kälin blöde, »das ist ja der Hunkeler. Enschuldigen Sie bitte, Sie habe ich hier nicht vermutet.«

»Ein Freund von mir wohnt in diesem Haus«, sagte

Hunkeler überflüssigerweise, er merkte es zu spät. »Er ist leider nicht zu Hause.«

Peinliche Pause. Dann: »Dürfen wir Sie irgendwo hinbringen, Herr Kommissär?« Kälin hechelte fast. »Ich bitte Sie nochmals um Entschuldigung. Es ist keine gute Gegend hier, und in diesem Pullover sehen Sie beinahe aus wie ein ...«

»Wie was?« Distanziert kam das jetzt. Und scharf.

»Es hätte ja ein ungebetener Gast sein können. Ein Einbrecher.«

»Haben Sie eigentlich vergessen«, sagte Hunkeler, »daß von der Basler Polizei kein Unbekannter geduzt wird? Und das ›He Manno‹ will ich nie mehr hören.«

»Aber selbstverständlich, Herr Kommissär.« Kälin schaute traurig auf seine schweren Hände. Seine beiden Kollegen sagten kein Wort.

»Also gut. Schwamm drüber. Fahren Sie weiter, Korporal Kälin.«

Er schaute zu, wie das Auto wegfuhr, fast lautlos, und vorne in die Todtnauerstraße einbog.

Was nun? Heimkehren und alles vergessen? Wenn Kälin Charakter hatte, würde er das Vorkommnis im Postenjournal erwähnen. Es war ja gleich neben der Wohnung des Freddy Lerch passiert, das mußte doch auffallen. Aber der hatte Schiß, denn er hatte sich ungehörig benommen.

Und überhaupt, Hunkeler wollte nicht nachgeben. Diesmal nicht. Er hatte genug von der Polizei, von diesen Fettärschen in sauber gebügelten Uniformhosen, von der baumelnden Pistole an den Hüften.

Er machte sich wieder ans Werk, stur wie ein Esel. Er kicherte jetzt, das fiel ihm auf, ein leises, lustvolles Grinsen.

Bei der Nummer 154 fand er, was er suchte. Finione im ersten Stock, Stäheli im zweiten Stock, Bachmann, Del Zenero und Zaugg im dritten. Er drückte die Klingel, wartete, bis die Tür aufsprang, und trat ein.

Geplättelter Flur, abgetretene Holzstufen, eine Klingel, die nicht funktionierte. Er klopfte an die Milchglasscheibe, die mit Rosengirlanden bemalt war. Eine junge Frau öffnete ihm, mit hohlen Wangen, an den Armen nur Knochen und Sehnen. Sie hatte sich ein Badetuch um den Kopf geschlungen, aus dem Wasser tropfte.

»Ja, bitte?«

»Ich bin ein Bekannter des Freddy Lerch«, sagte er, »ich suche Denise Zaugg. Ich habe ihr etwas zu übergeben.«

»Freddy Lerch? Wer ist das?« Sie hob die Hände zum Badetuch hoch, rückte es zurecht.

»Ich heiße Willy Holzherr. Ein Jugendfreund aus Barzwil.«

Sie zögerte, trat dann aber zur Seite und ließ ihn herein. Sie standen sich gegenüber, starrten sich an. Sie war wirklich unglaublich mager.

»Er hat von Ihnen erzählt. Mechaniker, nicht wahr? Kommen Sie.«

Sie führte ihn in die Küche und bat ihn, Platz zu nehmen. Ihr Blick war noch immer argwöhnisch, aber nicht mehr ganz.

»Schön haben Sie's hier. Darf ich?«

Er zündete sich eine an, hustete und schaute sich um. Vor Tagen gekochte Spaghetti auf dem Herd, drei leere Honiggläser auf der Anrichte, aufgerissene Biskuitpackungen. Haferflocken am Boden, überall Krümel.

»Was wollen Sie?« fragte sie.

Am Fenster stand der Käfig mit dem blauen Kanarienvogel. Er hüpfte herum, schnäbelte an einem Fischbein. Auf dem Tisch hatte jemand einen Stadtplan von Paris ausgebreitet. Eine Metrostation war eingekreist, mit grünem Kugelschreiber. Er sah es aus den Augenwinkeln, es mußte Château Rouge sein.

Sie hatte seinen schnellen Blick bemerkt, nahm den Plan weg und faltete ihn zusammen.

»Wollen Sie verreisen?« fragte er.

Sie legte den Plan in die Tischschublade. »Das geht Sie nichts an. Und jetzt reden Sie endlich. Ich habe nämlich keine Zeit übrig.«

»Ich suche Denise Zaugg.«

»Und warum?«

»Weil ich ihr etwas zu übergeben habe.«

»Was wollen Sie ihr übergeben?«

Sie war wirklich ein harter Knochen. Kühl und genau.

»Das geht jetzt Sie nichts an«, sagte er und lächelte süß.

»Jetzt grinsen Sie nicht so blöd. Oder sind Sie etwa von der Polizei?«

Er schüttelte den Kopf, überlegen abwehrend. »Warum? Sehe ich so aus?«

Sie ließ ihn nicht aus den Augen. Dann hatte sie offenbar Vertrauen gefaßt. »Nein, eigentlich nicht. Es geht ihr nicht gut, müssen Sie wissen. Sie hat Probleme.«

»Was für Probleme?«

Schon war das Mißtrauen wieder da. »Jetzt reden Sie wieder so. Ich komme einfach nicht draus bei Ihnen.«

»Ich suche Denise Zaugg. Das habe ich Ihnen gesagt. Weil ich ihr etwas übergeben muß, was Sie nichts angeht. Auch das habe ich Ihnen gesagt.«

»Und Sie heißen wirklich Willy Holzherr?«

Er schaltete blitzschnell. »Wie ich heiße, tut eigentlich nichts zur Sache.«

»Ach so.« Sie gab sich geschlagen. »Sie bringen Bericht von ihm.«

Er hob die Achseln, schwieg.

»Sie ist im Todtnauerhof vorn, keine fünf Minuten von hier. Und jetzt entschuldigen Sie mich bitte. Ich habe eine Verabredung.«

Sie führte ihn hinaus, mit kühler Freundlichkeit, schloß die Tür, drehte den Schlüssel.

Hunkeler stieg die Treppe hinunter. Er wäre am liebsten heimgefahren und hätte sich auf dem Bett eingerollt in seine Träume. Er kam sich übel vor, so verdammt fies. Aber er ging nach vorn zur Kreuzung und betrat den Todtnauerhof.

Es war eine normale Quartierbeiz. Ein Stammtisch mit dem Wimpel der Kleinbasler Wasserfahrer am schmiedeeisernen Aschenbecher, ein paar ältere Biertrinker drum herum. Holzgetäfelte Wände. Klares Licht, kein Schummer. In einer Ecke klopften vier Italiener eine Scopa, konzentriert wie Schachspieler, ein fünfter schaute zu. Hinter der Theke der Wirt, fett und kahl.

Er sah sie sofort. Er setzte sich gleich rechts an den Tisch neben dem Eingang, mit dem Rücken zur Theke. Sie erkannte ihn erst, als sie sich über ihn beugte und fragte, was er wünsche. Sie erschrak.

»Ein Bier bitte«, sagte er. Er schaute ihr aus den Augenwinkeln zu, wie sie an der Theke die Bestellung weitergab. Sie tat das, als wäre nichts geschehen. Nur einmal schaute sie kurz herüber.

Als sie das Bier vor ihn hinstellte, sagte er leise: »Sie sind die Geliebte des Silvan Lerch, nicht wahr? Und Sie wissen, wo er sich befindet.«

Ihr Gesicht wurde schneeweiß. »Wollen Sie, daß ich die Polizei rufe?« fragte sie, fest und tapfer.

Er senkte den Blick, hob das Glas an den Mund und trank. Kühler Schaum, kühler Gerstensaft, beruhigend, tröstend. Dann schaute er ihr in die Augen, die funkelten, vor Haß, vor Wut.

»Sie haben ihm doch geholfen bei der Flucht, oder nicht? Von allein wäre er nicht über die Grenze gekommen. Kein Geld, kein Paß. Nichts als Hemd und Hose.«

Sie schaute zum Wirt hinter der Theke hinüber, angstvoll. Zarte, rötliche Wimpern, ein Hauch von Sommersprossen auf der weißen Haut.

»Woher wollen Sie wissen, daß er über die Grenze gegangen ist?« flüsterte sie.

»Begünstigung gemäß Artikel 305 StGB. Das sieht nicht gut aus. Das gibt Gefängnis.«

Sie drehte sich weg, mit schmalen Achseln. Er hätte sich erwürgen können, so fies war das. Er schaute ihr zu, wie sie sich drüben neben der Theke an die Wand lehnte, eine Zigarette herausklopfte und anzündete. Ein tiefer Zug, ein zweiter Zug, ein schneller Blick.

»Denise!« rief einer der Männer am Stammtisch, »ist das eigentlich eine Wirtschaft oder ein Wartesaal? Vier Bier!«

Sie drückte die Zigarette aus und löste sich von der Wand. Wieder kam der kurze, scharfe Blick. Dann lächelte sie ihn an, überraschend hilflos, unglaublich charmant.

Als er ihr das Geld für das Bier hinlegte, hielt sie die Hände gefaltet vor dem Bauch und wiegte den Oberkörper, ohne es zu merken, hin und her. Sie flüsterte: »Was wollen Sie?«

»Er soll sich der Polizei stellen. Möglichst bald. Wenn er verhaftet wird, ist er wegen der Flucht schon verurteilt. Da hilft kein Anwalt mehr. Dann muß er für mehrere Jahre ins Zuchthaus.«

Wieder das Wiegen, das seltsam regelmäßige, kaum wahrnehmbare.

»Ich habe gedacht, Sie wollen Geld.«

»Ich habe das Heft des Freddy Lerch«, sagte er.

»Ach so.« Das Wiegen hörte auf, sie öffnete die

Hände, strich sich übers Haar. »Also doch ein Einbrecher.«

Er grinste müde. »Darin steht ein Satz«, sagte er, »der beweist, daß Freddy seinem Großneffen hat helfen wollen. Das würde Silvan entlasten, vor Gericht, meine ich.«

Sie lächelte stolz, triumphierend. »Den findet niemand.«

»Sind Sie sicher?«

Sie zögerte. Aber dann nickte sie entschlossen. »Ja. Weil er einen neuen Namen hat. Eine neue Identität.«

»Und woher hat er diesen neuen Paß?«

Jetzt setzte das Wiegen wieder ein, träumerisch, als hörte sie von ferne Musik.

»Er hat eben gute Freunde.«

»Denise, wird's bald?« schrie der Mann drüben am Stammtisch. »Vier Bier, aber schnell!«

Er ging hinaus, wütend, verzweifelt.

Seine Wut wuchs, als er über die Johanniterbrücke ins Großbasel zurückfuhr. Eine Lappalie, nichts als eine Lappalie. Und am Anfang der Geschichte stand sogar noch eine gute Idee. Einen Luxuswagen nach Kuwait chauffieren und dort mit Gewinn verkaufen, warum nicht? Das zeugte immerhin von Unternehmungsgeist. Und der alte Freddy hätte ihm das Geld bestimmt nicht gegeben, wenn er von seinem Großneffen nicht überzeugt gewesen wäre. Der hatte doch immer auf den Rappen geschaut, weil er armer Leute Kind gewesen war und nicht unter die Räder hatte kommen wollen. Eine Spielernatur war der jedenfalls nicht gewesen, der hatte genau gerechnet.

Also wäre alles gutgegangen, wenn der Schlingel nur besser aufgepaßt hätte. Und er würde jetzt bei seiner Freundin Denise im Todtnauerhof sitzen und Pläne schmieden, gemeinsam mit dem alten Freddy, der seinen Einsatz längst zurückbekommen hätte. Zinslos, das war Ehrensache. Und Freddy hätte nicht jenen schrecklichen Satz über Hilfe und Schuld in sein Heft schreiben und nicht von der Brücke fallen müssen. Der junge Silvan mit dem Ring im Ohr hätte nie im Leben etwas mit Heroin zu tun gehabt, er wäre nie in den Lohnhof gekommen und hätte nie fliehen müssen, weil er den Knast nicht ertrug. Und er hätte sich keinen neuen Paß kaufen müssen.

Eine neue Identität, ha! Was meinte diese schmale Lady denn? Keine Spur von Tuten und Blasen, nicht die Spur von Übersicht. Was war denn so ein Paß wert? Nichts, keinen Deut. Hatten sie ihm denn nicht die Fingerabdrücke genommen im Lohnhof oben, die lieben Kollegen, hatten sie ihn nicht erkennungsdienstlich behandelt? Pfui Teufel, aber sie hatten. Es war endgültig aus mit der Räuberromantik. Der Computer umfaßte die ganze Welt, es gab keine Lücke. Selbst auf hoher See nicht. Und in diesem Computer war gespeichert, daß Silvan Lerch, entflohen aus Basler Untersuchungshaft und untergetaucht, vermutlich unter falschem Namen, ein gemeingefährlicher Rauschgifthändler sei.

Und er selber, was war denn mit ihm los, mit Kommissär Peter Hunkeler, dem rheinschwimmenden Mittfünfziger und gelegentlichen Liebhaber einer recht eigenwilligen Mittfünfzigerin? War er selber nicht auch kriminell geworden? Er saß ganz schön in der Tinte. Metertief in der Scheiße. Wäre er bloß zu Hause geblieben an jenem heißen Morgen, hätte er nur diesen Flattermann nie gesehen. Der hatte ihn in Beschlag genommen, vom ersten Augenblick an, als er zwischen Brücke und Wasser in der Luft gehangen hatte. Dieses Bild hatte ihm die wohlverdiente Urlaubsruhe geraubt. Den Verstand hatte es ihm aus dem Kopf gesogen. Er hatte eingebrochen und gestohlen, hatte wichtiges Beweismaterial hinterzogen, hatte eindeutig gelogen. Er hatte sich daran gemacht, eine Untersuchung auf privater Basis zu führen, ohne seine Vorgesetzten zu informieren. Selbstjustiz war das, nichts anderes. Und wenn das herauskam, konnte es ihn Kopf und Kragen kosten.

Die Folgen waren fatal. Wäre denn der junge Silvan geflüchtet, wenn dem Staatsanwalt Suter das blaue Heft vorgelegen hätte, worin stand, daß sich schuldig mache, wer helfen wolle? Nein, er wäre nicht geflüchtet, denn Madörin, der ihn ja mochte, hätte ihm gesagt, daß wahrscheinlich eine Bewährung möglich sein würde, da ja das Geld für den Luxuswagen offensichtlich vom Großonkel geborgt und folglich auf legale Art erworben worden sei, und

da er, Silvan, in Istanbul ja tatsächlich tief in der Pat-
sche gesessen sei und vermutlich tatsächlich nicht
gewußt habe, was im Koffer gesteckt habe.

›Denn, sehr geehrte Damen und Herren Strafrichter‹, so hätte der Verteidiger plädiert, ›ist nicht schon
die Tatsache, daß mein Mandant einen Wagen der
Luxusklasse nach Kuwait fahren und dort verhökern
wollte, ein Beweis für seine abenteuerliche, ganz
und gar nicht kriminelle, sondern kindlich reine Nai-
vität, da ja in einschlägigen Kreisen allgemein be-
kannt ist, daß solche Wagen in den ehemaligen Ost-
staaten, wo die Fäden des internationalen Handels
mit gestohlenen Autos zusammenlaufen, billigst zu
haben sind? Wer würde da noch auf einen Schweizer
Knaben warten und ihm den doppelten Preis bezahlen? Und ist nicht der Selbstmord seines Großonkels,
der sich ja bedauerlicherweise im Rhein ertränkt hat,
ebenfalls ein Beweis für die Lauterkeit meines Mandanten? Dieser alte Herr, ein gestandener Seemann,
hat diese 50 000 Franken, und davon sind wir tief
überzeugt, obschon es der Mandant noch immer ab-
streitet, dem jungen Silvan nur geborgt, weil er an
seine Lauterkeit geglaubt hat. Oder wollen Sie, meine Damen und Herren Strafrichter, diesen Selbstmord nachträglich desavouieren, indem Sie meinen
Mandanten schuldig sprechen und einsperren? Das
darf doch nicht sein.‹

Kunstpause, ein Räuspern im Saal, das Gericht ist
ergriffen.

›Nun zum Koffer, zu den drei Kilogramm Heroin.

Glaubt wirklich jemand, mein Mandant sei mit Absicht zum Dealer geworden? Er habe sich bewußt kriminalisiert, mit seinem lauteren Herzen? Davon kann doch keine Rede sein. Und überdies müßten Sie das erst noch beweisen, Herr Staatsanwalt!‹

Hier brach Hunkeler seine Verteidigungsrede ab, er hatte genug gesagt. Er hatte die Nase voll. Selbstverständlich war das alles so gewesen. Und ebenso selbstverständlich passierten solche Geschichten jeden Tag. Aber da man an die schwerreichen, mächtigen Drahtzieher nicht herankam, sperrte man eben die kleinen Kuriere ein, auch wenn sie beteuerten, nichts von ihrer Fracht gewußt zu haben.

Diesmal hätte die Bewährung geklappt, da war Hunkeler sicher. Wenn es überhaupt zum Prozeß gekommen wäre. Es war nicht dazu gekommen, weil er eingegriffen hatte, heimlich und unbefugt.

Hunkeler hatte Hilfe nötig, sofort. Er stieg die Treppe zu seiner Wohnung hoch, ging in die Küche, nahm das blaue Heft aus dem Eisschrank und fing an zu lesen, was unter RÜCKKEHR INS VERGESSEN notiert war.

»Ich will mein Heimatland nicht beleidigen. Aber ich will doch anmerken, daß mir die Heimkehr nicht leichtfiel. Das fing schon beim Zoll im Französischen Bahnhof an. Ich hatte einen schweren Überseekoffer bei mir mit eisenbeschlagenen Ecken, der sich jetzt auf dem Estrich meiner Wohnung befindet. Darin hatte ich meine ganze Habe. Der Zöllner machte ein finsteres Gesicht und durchwühlte den Koffer von zuoberst bis zuunterst. Als ob ich ein Schwerverbrecher wäre. Als er mich fragte, woher ich komme, teilte ich ihm wahrheitsgemäß mit, daß ich 18 Jahre in der Karibik zur See gefahren sei. Da hat er den Kopf geschüttelt und mich ganz vorwurfsvoll angeschaut. Daß er den Koffer durchwühlt hat, war ja in Ordnung. Aber daß er mir einen stummen Vorwurf gemacht hat, nur weil ich für 18 Jahre meine Heimat verlassen habe, war daneben. Er hätte ruhig freundlich sein können. Schließlich bleibt man auch im Ausland ein Schweizer, wenn man ein Schweizer ist.

Überhaupt die Freundlichkeit. Es fiel mir schon am ersten Tag meiner Heimkehr auf, wie unfreundlich die Menschen waren. Äußerlich waren sie zwar nett und gaben zuvorkommend Auskunft. Aber innerlich nicht. Es fehlte ihnen die Freude, die Fröhlichkeit, das Lachen. Als ob sie nur ungern gelebt hätten. So kam es mir vor. Das ist meine Meinung.

In der Karibik lachen die Leute. Und man lacht mit. Sie freuen sich am Himmel oder am Wasser. Und man freut sich mit. So nimmt man teil aneinander.

Oder das Lügen. In der Karibik lügt man oft. Das gehört zum Leben. Man lügt zum Beispiel deshalb, weil man dem Mitmenschen nicht unangenehme Dinge sagen will. Aus Höflichkeit. In meiner Heimat lügt man, um einen persönlichen Vorteil zu haben.

Das ist ein großer Unterschied. Das hat mich am Anfang geschmerzt, bis ich mich daran gewöhnt habe. Man kann die Menschen nicht ändern.

Ich habe bald eine rechte Stelle bei der Thomy AG gefunden, in der Saucen-Herstellung. Vor allem Mayonnaise. Diese Stellung habe ich bekleidet, bis ich 65 Jahre alt war. Also 25 Jahre lang, bis 1981, mit bestem Können. Dann bin ich pensioniert worden, mit einer kleinen Rente. Schon zum ersten Februar 1956 habe ich eine Zweizimmerwohnung an der Lorbeerstraße bezogen. Nichts Besonderes, aber relativ billig im Zins. Ölheizung, zwei Öfen. Die habe ich selber gekauft. Auch die Dusche in der Toilette habe ich selber eingerichtet. Ich habe mir geholfen.

Die Gegend an der Lorbeerstraße gefällt mir. Es wohnen viele Ausländer da, ein Völkergemisch. Das ist fast ein bißchen wie drüben.

Neuerdings kommen viele Junge hierher, die wenig Zins zahlen können. Das belebt die Gegend. Man wird selber jung.

Wie oben erwähnt, habe ich bald nach meiner Heimkunft meine ehemalige große Liebe besucht. Sie wohnte noch im gleichen Ort, dessen Namen ich nicht verrate. Nur jetzt in einem Einfamilienhaus am Hang oben. Wir haben uns in einer Wirtschaft in der Nähe des Bahnhofs verabredet. Sie hat mir gesagt, sie liebe mich noch immer, ihr Leben sei wie ein Grab (wörtlich!). Sie denke jede Nacht an mich. Aber sie könne sich nicht freimachen. Das ist einfach etwas, was ich nicht verstehe. In der Karibik, wenn man jemanden liebt und haben möchte, geht man zu dieser Person hin und fragt: Ich will dich haben. Wie ist es mit dir? Die Antwort ist ja oder nein. Ist die Antwort ja, geht man zusammen. Es gibt kein Hindernis, das einen hindern könnte. Denn die Liebe befiehlt dem Leben, nicht umgekehrt.

Ich weiß nicht, hat sie gelogen oder nicht. Wer kann das sagen? Bei Frauen weiß man nie, ob sie die Wahrheit sagen.

Ich habe sie seither nie mehr gesehen. Sie hatte immer noch die gleichen Bernsteinaugen. Das habe ich schon gesagt.

Ich war dann eine Zeitlang traurig. Ich begreife es noch heute nicht. Sie steht immer noch im Telefonbuch.

Ich habe dann eine andere genommen. Ich bin nicht gemacht zum Alleinsein. Ich habe fast immer eine Frau gehabt. Aber es war nicht mehr das gleiche.

Die Jahre gingen ins Land. Ich bin inzwischen älter geworden. Ich merke das Alter, ich bin nicht mehr so vital wie früher.

Zum Glück mußte ich nicht mehr in den Militärdienst einrücken. Wegen der Malaria. So hat eben jedes Übel auch sein Gutes. Hingegen mußte ich den Zivilschutz absolvieren. Das war noch der größere Stumpfsinn als der Militärdienst. Als ob man einen Atomkrieg überleben könnte. Und die Leute, die in den Ländern leben, wo kein Zivilschutz ist, sind doch auch Menschen. Ich frage mich manchmal, ob es richtig war, in die Schweiz zurückzukommen. Ich hätte das nicht unbedingt tun müssen. Ich hatte mich drüben gut eingelebt und war ein gerngesehener Gast in den Häfen. Zudem ist mir die See zur zweiten Heimat geworden.

Aber jeder Mensch hat eine Wurzel. Die liegt im Erdboden, wo er aufgewachsen ist. Diese Wurzel darf er nie ganz ausreißen, sonst wird er heimatlos. Dann weiß er nicht mehr, wo er hingehört. Ich bin ein Schweizer, trotz allem. Ich will in der Schweiz begraben sein.

Ich hätte noch zehn oder zwanzig Jahre länger zur See fahren können. So wie das der Seebär Erikstad gemacht hat. Der ist erst mit sechzig Jahren nach Norwegen zurückgekehrt, was ein wichtiger Grund für meinen Abschied war. Aber ich vermute, die Rückkehr ist ihm noch schwerer gefallen als mir. Er war schon ein alter Mann, als er wieder Heimatboden betreten hat.

Er hat mir seine Adresse in Bodö im Norden von Norwegen gegeben. Ich habe ihm von Basel aus einen Brief geschrieben. Er hat nicht zurückgeschrieben. Das war eine herbe Enttäuschung. Aber irgendwie verstehe ich ihn. Ich vermute, er ist zu spät heimgekehrt und hat sich nicht mehr zurechtgefunden.

Ich lebe zufrieden meine Tage. Gern sitze ich des Abends am Rhein unten in der Fischerstube und schaue auf den Fluß hinaus, wo die Schiffe hinauf-

und hinabfahren. Das ist auch eine Verbindung zur See. Und es ist kurzweilig.

Immer im Frühling, im März, fahre ich für eine Woche nach Paris. Mit dem Zug, es dauert knapp fünf Stunden. Ich gehe immer ins gleiche Hotel. Ich war dort das erste Mal, als ich umsteigen mußte auf meiner Reise nach Le Havre. Es ist billig und sauber. Gleich vor dem Eingang hat ein Fischhändler seinen Stand aufgeschlagen. Meerfische, rote, grüne, blaue. Fliegende Fische habe ich dort noch nie gesehen. Die haben sie früher in den Häfen gegessen, mit Zimt und Pfeffer.

So bin ich nicht ganz abgeschnitten von der Welt, obschon ich in der Schweiz lebe. Es ist ja ein Binnenland. Man sagt: Alte Liebe rostet nicht. Das stimmt.

Mit meiner Verwandtschaft habe ich nicht mehr viel am Hut. Ich habe sie einmal getroffen, an einem Familienfest im Restaurant Bad Barzwil. Sie haben das Hotel verkommen lassen. Ich weiß nicht warum. So ein schöner, stolzer Bau. Im Dorf oben bin ich nicht gewesen. Keine zehn Pferde bringen mich dort hinauf.

Es war das erste und letzte Mal, daß ich an einem solchen Familienfest gewesen bin. Der Bruder war ja schon gestorben. An Tuberkulose, während ich auf See war. Meine beiden Schwestern gingen ja noch. Die haben mich gefragt, was ich alles gemacht hätte und wie es mir gehe. Ich habe ein bißchen erzählt, sie waren neugierig. Ich hatte das Gefühl, daß sie mich gern hatten und sogar ein bißchen stolz auf mich waren. Das hat mich gefreut, weil ich also doch nicht ganz allein auf der Welt war.

Aber ihre Ehemänner, die waren schlimm. Die haben mich so von der Seite angeschaut, als ob ich ein dahergelaufener Lump wäre, das schwarze Schaf eben. Die waren hochmütig, meinten, sie seien etwas Besseres. Der eine hat eine Firma in Aesch, die Fenster für Neubauten herstellt, für die Wohnsilos, in denen ein oder zwei Dutzend Familien wohnen. Das braucht viele Fenster, und die hat er fabriziert. Jetzt ist er ja auch pensioniert. Aber er verdient immer noch an diesen Fenstern.

Er heißt Lerch wie ich, weil er auch aus Barzwil kommt. Dort heißt die Hälfte der Leute Lerch. Die andere Hälfte heißt Holzherr.

Dieser Schwager ist auch einmal in der Karibik gewesen. Davon hat er erzählt. Auf einer Kreuzfahrt. Er hat alles besser gewußt als ich, er hat aufgeschnitten und anrüchige Sachen von Frauen erzählt. Wie billig die seien. Das hat mich angewidert. Ich habe den Tisch gewechselt, was er mir übelgenommen hat.

Die Familie ist mir schon recht, aber nur zehn Meter gegen den Wind. Näher will ich nichts mit ihr zu tun haben.

Daß ich keine Nachkommen habe, reut mich manchmal. Aber es ist mein Schicksal, das ich leichten Herzens zu tragen versuche. Das Café au lait wäre jetzt über 50 Jahre alt. Eine Frau oder ein Mann, wer weiß? Bestimmt wäre ich schon längst Großvater oder sogar Urgroßvater. Eine ganze Schar brauner Kinder. Und wenn der alte Freddy in den Hafen fährt, rennen alle herbei und schreien. Eine schöne Vorstellung.

In der letzten Zeit habe ich mich eines Großneffen angenommen. Ich widme ihm einen Teil meines Lebens. Er stammt vom Sohn jenes Fensterlerchs, der die Firma in Aesch besitzt, und heißt Silvan. Ein munterer Bursche, frisch und frech. Er trägt einen Ring im linken Ohr wie die Zigeuner. Das gefällt mir. Er ist mit sechzehn von zu Hause ausgezogen, weil er es nicht mehr ausgehalten hat daheim, was ich gut verstand. Ich habe ihn in meiner Wohnung einlogiert und habe ihm eine Lehrstelle als Koch besorgt. Schon bald hat er sich zu meiner Freude auf die eigenen Beine gestellt und ein eigenes Logis gemietet, unweit von mir. Die Lehrabschlußprüfung hat er mit der Note Gut bestanden.

Er ist wie ein Sohn zu mir. Oder wie ein Enkel. Als ich vor einiger Zeit mein Testament geschrieben habe, habe ich ihn zum Haupterben meines bescheidenen Vermögens gemacht. So werde ich, wenn es einmal soweit ist, leichter sterben, wenn ich weiß, daß mein Geld in rechte Hände kommt.

Wenn er nur nicht so verrückte Ideen hätte! Es hat ihm jemand einen Floh ins Ohr gesetzt, einer seiner unsauberen Freunde. Er will ein teures Auto kaufen und damit in den Orient fahren, um es dort mit Gewinn zu verkaufen. Ich soll ihm das Geld vorstrecken. Ich zweifle, ob das gutgeht. Denn der Orient ist nicht mehr wie früher. Silvan ist zu jung und zu naiv, um die Gefahren zu bestehen.

Aber ich fürchte, daß ich es ihm nicht werde abschlagen können. Weil ich selber auch auf Abenteuer aus war. Es geht ja wirklich niemanden etwas an, was ich mit meinem Geld mache. Verhungern werde ich nicht, und mitnehmen kann ich es auch nicht.

Er hat eine nette Freundin, die Denise heißt. Eine aparte Person. Ganz mager, es ist fast nichts dran an ihr. Aber so sind eben viele junge Frauen heutzutage. Sie gefällt mir gut, wir necken uns oft. Sie serviert im Todtnauerhof vorn, wo ich häufig verkehre. Es sitzen auch andere junge Leute dort, die mich jedes Mal, wenn ich hereinkomme, freundlich grüßen. Manchmal fragen sie mich, wie es war auf See, und ich erzähle dies und das. So bin ich nicht oft allein.

Zu den Wasserfahrern am Stammtisch setze ich mich selten. Es sind flotte Kerle. Ich mag sie. Aber sie haben eben ihr Leben lang nichts anderes gesehen als den Rhein.

So gehen die Jahre ins Land, und mein Leben neigt sich dem Ende entgegen!«

Am andern Morgen hatte sich der Rhein wieder beruhigt. Er floß zwar immer noch bräunlich, aber er hatte die Stege des Badehauses freigegeben und feinen Lehmsand darauf zurückgelassen, rein und unberührt, ein Stück Sahara mitten in Basel. Die Enten waren wieder da, die Mutter und drei kleine, die übrigen hatte wohl die Flut geholt.

Die Wassertemperatur betrug 17 Grad, die Lufttemperatur 23 Grad, die Wasserqualität war gut. Schau an, dachte Hunkeler, der Regen hat den Rhein gewaschen, das reinigende Gewitter, die sühnende Flut.

Frau Lang beugte sich aus dem Kiosk und rief: »Kommen Sie einmal her, Herr Hunkeler, bitte.«

Er trat zu ihr. Sie streckte ihm ein Foto entgegen, vergrößert auf A4-Format. Das Bild zeigte den auf den Hinterbeinen stehenden weißen Pudel, der nach einem Wurstzipfel schnappte.

»Drehen Sie es um«, sagte sie, sie weinte fast. »Lesen Sie, was hintendrauf steht. So eine Gemeinheit.«

Er las, was mit rotem Filzstift hinten draufgeschrieben war. »Dies ist eine Kopie. Das Original befindet sich im Besitz eines Gründungsmitglieds des Vereins Rheinbad St. Johann. Weitere Kopien gehen an die anderen Gründungsmitglieder. Hunde sind verboten. Das wird Folgen haben.«

Hunkeler gab ihr das Foto zurück. »Lauter Hilfspolizisten«, murmelte er.

»Ich arbeite mich zu Tode, halb gratis. Und das ist der Dank. Das ist so gemein, so gemein.«

Tränen traten aus ihren Augen, die zarte Frau Lang war verletzt.

»Hören Sie einmal, ich verrate Ihnen ein Geheimnis.« Er beugte sich vor, flüsterte ihr ins Ohr. »Wandern Sie aus. Die ändern sich nämlich nie. Gehen Sie in die Karibik, fahren Sie zur See. Dort lachen die Leute. Und Sie können mitlachen.«

Er blinzelte, grinste sie an. Und Frau Lang blinzelte zurück.

»Immer der gleiche Witzbold wie früher«, flüsterte sie, »immer der alte. Und noch immer jung.«

Er zeigte auf seinen Bauch, den dicken, birnenförmigen. »Das nennen Sie jung?«

Er ging hinaus, wanderte der Mittleren Brücke entgegen. Drei Burschen standen dort oben, mit nackten Füßen auf dem Steingeländer, die gespannte Ruhe vor dem Absprung auskostend. Dann kippten sie ihre Körper nach vorn, drei Schreie, sie flogen durch die Luft, gekonnt und sicher, tauchten hinein.

»Ist das nicht verboten? Nein, das ist nicht verboten, du Arschloch«, sagte er laut, er schrie es fast. Denn was ist das Leben? Ein Wartsaal, bis der Tod uns holt, oder ein Abenteuer? Befiehlt das Leben der Liebe, oder befiehlt die Liebe dem Leben? Und ist der Mensch eine Ölsardine oder ein fliegender Fisch?

Beim Hotel Drei Könige kletterte er über das Eisengeländer. Links führte die Treppe hinunter, die beachtete er nicht. Er stellte sich in Positur, konzentriert, wartete gespannt. Dann ließ er sich kippen und sprang ab. Er versuchte zu jauchzen. Es wurde ein heiseres Krächzen, und er fiel platt auf den Bauch. Beim Auftauchen lachte er, es schüttelte ihn kurz, bis eine Welle in seinen Mund schwappte.

Dann lag er ruhig, Finger und Zehen ausgestreckt,

ein Flossenfüßer, im Hals die Kiemen, im Ohr das Geschiebe der Kiesel.

Als er ins Badehaus kletterte, war André daran, den Lehmsand von den Stegen zu spritzen.

»Schade«, sprach Hunkeler, »ich wäre nämlich gerne hindurchgewatet. Stell dir einmal vor, wie sich meine Fußsohlen gefreut hätten. Oder ist das auch verboten?«

André stellte den Wasserstrahl ab, runzelte die Stirn. »Du sagst das wegen des Pudels, nicht wahr?«

»Was für ein Pudel?«

Aber André beharrte auf dem Thema. Er hatte darüber nachgedacht und war zu einem Schluß gekommen. Das sah man ihm an. »Die Frau Lang ist auch ein bißchen selber schuld«, behauptete er. »Wenn es schon in den Statuten steht, sollte sie sich eben auch daran halten. Wozu macht man denn sonst solche Statuten?«

»Ja, warum? Vielleicht sollte man gar keine Statuten machen. Oder was meinst du?«

»Nein«, sagte André. »Denn ohne Statuten würde das Chaos ausbrechen.«

»Wie schön.«

»Hör auf, ja?« André schien sich ernsthaft Sorgen zu machen. »Ich habe gemeint, du seist Polizist.«

»Ja, das habe ich auch gemeint.«

André schüttelte den Kopf und richtete den Wasserstrahl wieder auf die zarte Sandfläche.

»Stell ab!« schrie Hunkeler. Als wieder Stille war, sagte er: »Der Mann, der da oben vor ein paar Tagen heruntergesprungen ist, wird heute nachmittag um 14 Uhr auf dem Friedhof Hörnli begraben. Das wollte ich dir sagen.«

»Okay«, sagte André und salutierte.

Er fuhr über die Mittlere Brücke, im dunklen Anzug, die schwarze Krawatte um den Hals, und schob ein Bändchen mit Dizzy Gillespies Trompete drauf in den Recorder. Tä-dä-dä, Tä-dä-dä, sang er mit, Salt Peanuts, Salt Peanuts!

Ein Strand irgendwo in der Karibik. Ein Negerboy geht vorbei, den Korb mit den Erdnüssen in die Seite gestemmt, ein Bild, rein und wahr wie im Alten Testament. Salt Peanuts, Salt Peanuts! ruft der Junge. Da taucht Freddy Lerch auf aus dem Palmenhain, in der weißen Uniform des ersten Stewards der Andalusia, ein stattlicher Mann. Er winkt, der Negerboy geht zu ihm hin und lacht. Freddy lacht mit. Gemeinsam setzen sie sich in den Sand und knabbern Erdnüsse. Draußen über der See rollt die dunkelrote Sonne hinab und taucht tief ins Wasser hinein. Und die fliegenden Fische glitzern im Lichte der Sternenpracht.

Er bog nach links ab in die Lorbeerstraße hinein, er wollte noch einmal bei seinem alten Bekannten vorbeischauen. Eigentlich haßte er Beerdigungen und drückte sich, wann immer es ging, bei solchen Anlässen. Keine Todeskultur, keine Würde mehr, nichts, dachte er. Diese moderne Hilflosigkeit Seiner

Majestät gegenüber, diese Pissoir-Architektur der Abdankungshallen, weil sie am liebsten sogar den Tod verbieten würden.

Aber diesmal mußte es wohl sein.

Freddy Lerch war nicht zu Hause, die Fensterläden waren geschlossen. Oben im dritten Stock steckte ein neues Schloß in der Tür.

Er grinste blöd, als er das feststellte. Beseitigt die Spuren, dachte er, das muß alles seine Ordnung haben.

Unten auf der Straße zögerte er. Was nun, alter Mann? Wohin mit dem blauen Heft? Da drin stand doch, daß Silvan Lerch unschuldig war. Tä-dä-dä, pfiff er und ging die paar Schritte weiter zur Nummer 154. Da war der Briefkasten mit den drei Namen Bachmann, Del Zenero und Zaugg. Er hielt das Heft in den Händen, er hätte es beinahe in den Schlitz geschoben.

Er tat es nicht. Er gab dieses Heft nicht her. Das war eine Fundsache, er hatte sie gefunden. Und er würde sie behalten, legal oder illegal, bis sich der rechtmäßige Besitzer bei ihm melden würde.

Was hätte die Lady Denise denn überhaupt anfangen können damit? Es lesen, ja. Aber das hatte ja Hunkeler schon getan. Hätte sie etwa dieses Heft dem Staatsanwalt überbringen können mit dem Hinweis, sie habe es in Herrn Lerchs Wohnung gefunden, aus reinem Zufall, er solle mal hineinschauen und lesen, was über den jungen Silvan drinstand? Was hätte denn Staatsanwalt Suter dazu gesagt? Er hätte sich erkundigt, wie die junge Dame denn in die Wohnung des alten Lerch gekommen sei. Etwa deshalb, weil sie in näherer Beziehung zu einem Verwandten des Verstorbenen, zum Beispiel zu seinem entflohenen Großneffen stand?

Sie hätte natürlich auch die Wahrheit sagen können. Daß nämlich ein gewisser älterer Herr ihr von diesem Heft erzählt habe, es könne nur von ihm kommen, er müsse es in den Briefkasten gesteckt haben. Aber woher kannte sie diesen Herrn? Wirklich nur zufälligerweise, von einem Besuch im Todtnauerhof?

Gut, sie hätte es anonym an die Polizei schicken können mit dem Hinweis: Betrifft die Unschuld des zur Fahndung ausgeschriebenen Silvan Lerch. Aber das konnte Hunkeler selber auch tun, er mußte nur vorher die Fingerabdrücke wegwischen. Vielleicht hatte er das auch tatsächlich vor, er wollte es nur noch zu Ende lesen.

Er machte kehrt, setzte sich ins Auto und fuhr los, dem Friedhof Hörnli entgegen.

Er kam, wie immer, zu spät. Der Pfarrer war bereits mitten in der Predigt. Der übliche Schwachsinn, fand Hunkeler. Die hatten einfach keine Sprache mehr, keinen Stil, diese Diener Gottes. In jedem dritten Satz tauchte das Wort Heil auf. Das Heil des ewigen Lebens, das Heil der Seele. Das Heil finden, das Heil offenbart bekommen, das Heil erfahren. Als ob es nie ein Heil Hitler! gegeben hätte.

Der Pfarrer schwitzte bedenklich, es war eine richtige Hundsverlochete. Genau vierzehn Nasen waren da, mit Hunkeler fünfzehn. In der ersten Bank die Familienangehörigen, sechs Stück an der Zahl. Zwei alte Damen, groß und stark, die grauen Häupter erhoben. Das mußten die Schwestern sein. Ein alter Herr mit Glatze, Typ Geschäftsmann, der genau in der Mitte saß, dem Pfarrer gegenüber, mit vorbildlicher, zurückhaltender Trauer. Das war bestimmt der Fensterlerch. Ein Paar der mittleren Generation, die Frau seidenumflort, samt zwanzigjähriger Tochter, die immerzu gähnte. Dann, weiter hinten, drei Damen, auf eigentümliche Weise eine Gruppe bildend, obschon sie ziemlich weit auseinander saßen. Zwei davon mollig, mit schweren Oberarmen und festem Nacken, die andere zierlich und fein. Sie hielt den Kopf gesenkt, das Gesicht in ein Taschentuch vergraben. Das kurze, rötliche Haar der Lady Zaugg war zu sehen, das grüne Shirt, die mageren Achseln. Neben ihr saß Badehausabwart André, sorgfältig gekämmt, in dunklem Anzug mit weißem Hemdkragen. Dann die Vertreter der Basler Polizei, drei an der Zahl, unauffällig verstreut auf verschiedene Bänke, damit es nicht auffiel. Madörin, Haller und Lüdi, nicht in Uniform, versteht sich (wir sind inkognito hier, Kameraden!), in dezenter Trauerkleidung.

Getrauert wurde um einen Seemann, 18 Jahre Karibik und dann noch Selbstmord. Der Pfarrer kam zum

Lebenslauf, er schwitzte noch mehr. Der Verstorbene hat sein Heil im Wasser gesucht, sprach er. Erst auf den Meeren der Welt, ein wackerer Matrose. Ein Unzufriedener, Suchender, Ringender allezeit, ein Jonas im Schiffsbauch, aber der Herr gab ihm Heil und hat ihn zurückgespuckt ins heimische Vaterland. Dann, als seine Seele zerbrach, hat er das Heil im Rhein gesucht. Dazwischen 25 Jahre Mayonnaise, ein tüchtiger Arbeiter, das Heil in pflichtbewußter Hingabe findend. Oft, in den seltenen Mußestunden, saß er in der Fischerstube und schaute auf den Rhein hinaus, der ihm zum Grab werden sollte. Ein Schwankender bis zuletzt, ein Wasserfahrer. Und ist nicht die Wasserfahrt das Sinnbild schlechthin für das menschliche Leben? Liegt nicht das Heil des Menschen im heiligen Wasser, mit dem er getauft wird? Wie ein Fluß ist des Menschen Leben. Es beginnt klein, als Rinnsal, es endet im Meer des Heils, im Herrn.

Es setzte die Orgel ein, Großer Gott, wir loben dich. Als einzige sangen mit der Pfarrer (verschwitzt, mit gefalteten Händen), der alte Fensterlerch (mit kräftigem, vorbildlichem Baß) und Detektiv-Wachtmeister Madörin (zur Tarnung, versteht sich).

Man pilgerte durch die schnurgerade Allee (Grab an Grab, Leiche an Leiche) zum Grab der Unbekannten, wo ein Loch in die Wiese geschaufelt war. Der Pfarrer hob die Urne empor (eine Pißschüssel mit Deckel, Tä-dä-dä), verdrehte die Augen ein bißchen, übergab dann die Schüssel zwei Totengräbern, die sie am Riemen ins Loch hinunterließen. Ein letztes

Wort des Pfarrers, möge er Heil und Gnade finden, er ruhe sanft.

Jetzt traten alle der Reihe nach an die Grube, schauten neugierig hinein, erhielten von den Totengräbern je eine Rose und warfen sie hinunter. Als erster der Fensterlerch, nach ihm die übrige Familie. Dann wußte niemand recht, wer jetzt dran war, es wurde peinlich.

Endlich bewegte sich eine der Damen, die feine, zarte, auf das Grab zu, noch immer das Taschentuch vor dem Gesicht. Sie schien einen Moment lang zu schwanken, nahm das Taschentuch weg und machte sich entschlossen an ihrer linken Hand zu schaffen. Das war seltsam, alle schauten hin, auch der Pfarrer. Die Dame zerrte etwas vom Ringfinger der linken Hand. Endlich hatte sie, was sie haben wollte. »Salut, Freddy«, sagte sie, laut und deutlich, eindeutig französisch. Sie warf einen Ring ins Loch hinunter, man hörte ihn auf die Urne klirren. Der Fensterlerch trat vor, zögernd, erstaunt. »Mais c'est Josette«, sagte er. Sie hob den Blick, und alle sahen ihre Augen. Wie Bernstein, tatsächlich. Sie sagte kein Wort, drehte sich weg und verschwand in der schnurgeraden Allee.

Madörin nickte Haller kurz zu. Der zündete sich umständlich die Pfeife an, sonderte sich unauffällig von der Trauergruppe ab, so daß alle hinschauten, ging dann Richtung Allee der Dame nach, frei und fromm Rauchwolken ausstoßend.

Hunkeler trat als vorletzter ans Loch, die Lady Denise als letzte. Er stand dicht neben ihr, als sie die Rose hinunterwarf. Sie hob den Blick. Schmale, helle Augen, ein Hauch von Sommersprossen. »Schwein«, sagte sie, fest und laut. Dann ging sie weg Richtung Ausgang.

Auf dem Weg zum Restaurant, in dem ein bescheidenes Leichenmahl stattfinden sollte – alle waren geladen, auch die Nichtangehörigen, die Lahmen und Blinden –, trat Madörin auf ihn zu.

»Was hat sie gesagt?« fragte er konspirativ.

»Salut, Freddy.«

»Nein, die andere, die mit dem roten Haar.«

»Sie hat ›Schwein‹ gesagt.«

Wieder der Hundeblick, der eklige, dumme.

»Und warum?«

»Was weiß ich?« flüsterte Hunkeler. »Vielleicht, weil wir Polizisten sind.«

»Kennt sie dich?«

»Keine Ahnung.«

Er schaute in die Alleebäume hinauf. Grünes Laub, frisch und saftig, Tä-dä dä.

»Und das läßt du dir gefallen?« Madörin war wirklich böse, denn ihm konnte keiner kommen mit ›Bulle‹, ›Tschugger‹ oder ›Nazischwein‹.

»Ich werde es überleben.«

»Was ist das überhaupt für eine?« insistierte Madörin, »warum war die da?«

Hunkeler zuckte mit den Achseln. Was wußte denn er? War das etwa sein Fall oder der Fall von Madörin?

Lüdi hatte zugehört. »Die ist Serviertochter im Todtnauerhof«, flüsterte er, ohne Madörin anzuschauen. »Das war Freddy Lerchs Stammbeiz.«

»Aha.« Madörin nickte vielsagend. Immerhin etwas. Aber eben nicht viel. »Trotzdem«, bohrte er weiter, stur wie ein Dackel, »ich verstehe nicht, warum du dich ›Schwein‹ titulieren läßt.«

Hunkeler blieb stehen. Wer war hier eigentlich der Chef, er oder ein anderer? »Was meinst du eigentlich, wer wir sind? Uns riecht man doch auf hundert Meter gegen den Wind an, daß wir Polizisten sind. Die hat das doch sofort gemerkt.«

»Ach diese Scheiße«, sagte Madörin beleidigt. »Wie soll man eigentlich noch arbeiten können, wenn man die ganze Welt gegen sich hat?«

Es gab Schinken mit Kartoffelsalat, dazu roten Maispracher. Hunkeler bestellte Kaffee, er wollte nicht essen. Sie saßen zu dritt, wie die Kameraden vom Kegelklub oder von den Wasserfahrern.

Nach einer Viertelstunde tauchte Haller auf. »Sie fährt einen großen Amerikanerwagen«, meldete er, »mit einer Nummer des Kantons Jura.«

»Ist das alles?« giftete Madörin. »Eine Serviertochter, eine Liebesromanze mit Amerikanerschlitten. Was soll ich damit?«

Er schaute böse zu den beiden molligen Damen hinüber, die am Nebentisch Schinken mit Kartoffelsalat aßen, einträchtig vereint.

»Was sind denn das für zwei Witwen?«

»Ich habe mit ihnen geredet«, meldete Lüdi, »auf dem Weg vom Grab hierher. Sie haben Freddy Lerch offenbar gut gekannt, sie schwärmen beide von ihm.« Er senkte die Stimme, bedeutungsvoll. »Ich glaube, das sind seine Freundinnen. Erotisch, meine ich.« Er zwinkerte vieldeutig, grinste und schob sich eine Ladung Schinken in den Mund.

»Grins nicht so blöd«, sagte Madörin, »wir spielen hier nicht die Sittenwächter.« Dann, nach einer Pause, in der er offenbar weitere Folgerungen gezogen hatte, eine trostlose, niederschmetternde Bilanz: »Dieser Einsatz ist also ein totaler Flop. Schinken und Kartoffelsalat und Witwen, und keine Spur von Silvan Lerch. Oder was meinst du?«

Er schaute zu Hunkeler hinüber, hilflos, aber war da nicht ein verhaltener Vorwurf?

Da trat der alte Fensterlerch an den Tisch.

»Darf ich wissen, wer Sie sind? In welchem Verhältnis Sie zu meinem verstorbenen Schwager stehen?«

»Alte Kameraden«, sagte Lüdi, »aus dem Todtnauerhof.«

»Sein Tod ist ein schwerer Verlust für uns«, meldete Haller, sorgfältig die Pfeife stopfend. »Niemand konnte so gut Witze erzählen wie er.«

»So, hat er Witze erzählt? Schau einer an. So hat er sich doch noch geändert. Früher wollte er nichts wissen von Witzen, von Zoten. Er fand sie alle blöd.«

»Doch, er war eine Witznudel«, behauptete Lüdi.

143

»Er war ein großartiger Mensch«, sagte Hunkeler. »Er ruhe kühl.«

»Wie bitte?« Der Fensterlerch runzelte die Stirn. Kalte, graue Augen. »Wie meinen Sie das?«

»Ein kühles Grab«, sprach Hunkeler, »in der kalten See. Drei Salutschüsse, dann rutscht die Leiche hinunter und versinkt in der Tiefe. Wir sind alte Kameraden, verstehen Sie? Kameraden zur See.«

»Ach so?« sprach der Fensterlerch, »Sie sind auch Wasserfahrer? Wissen Sie, ich habe ja nichts gegen Matrosen. Aber er hat dem Jungen, meinem Enkel, den Kopf verdreht. Das hätte er nicht tun dürfen. Damit hat er Schuld auf sich geladen. Nun ja, er war eben das schwarze Schaf in der Familie. Deshalb ist er ja auch hinab ins Wasser. Sie kennen die traurige Geschichte.«

Die vier Vereinskameraden nickten. Jawohl, traurig, sehr traurig.

»Vielleicht ist es Schicksal«, sprach der Fensterlerch, »denn im Alter rächen sich die Sünden der Jugend. Aber was solls? Wir wollen trotz allem frohgemut sein.«

Er ging hinüber zu seinem Tisch, hob das Glas und sprach den Toast, feierlich, mit sonorem Baß. »Wir trinken auf den toten Seemann. Möge ihm unser Herr gnädig sein.«

Alle hoben das Glas, nur Hunkeler nicht, er nahm einen Schluck Kaffee. Und er bemerkte, wie Madörin lauernd zu ihm hinüberschielte.

Am Abend ging er mit Hedwig in den Sommereck-Garten. Sie aßen Kalbshackbraten mit Blumenkohl, dazu tranken sie Bier. Der Urnersee an der Hausmauer gegenüber schien merklich kühler geworden zu sein. Ein frischer Wind griff in die Kronen der Kastanien.

»Wie war es?« fragte Hedwig.

»Wie immer«, sagte er. »Unglaublich fade.«

»Hast du den dunklen Anzug getragen?«

»Selbstverständlich. Mit schwarzer Krawatte. Hierzulande kommt der Tod schwarz daher.«

Sie lächelte, warf eine Haarsträhne nach hinten. »Blödsinn. Der Tod hat doch keine Farbe. Schau dieses Grün da oben.« Sie zeigte hinauf in die Kronen. »Das ist Sommer, das ist Leben. Schön, nicht?«

Er nickte. »Das habe ich heute auch schon gedacht. In der Allee auf dem Hörnli. Im übrigen will ich nicht mehr vom Tod reden.«

»Ach so?« Sie schaute ihn prüfend an, nachsichtig wie eine gütige Lehrerin.

»Schau nicht so blöd«, sagte er.

Aber sie wußte, was los war. Sie wußte es genau. Er war ihr schlicht ausgeliefert.

»Du hast also genug getrauert«, stellte sie fest, »du hast alles nachgeholt.«

»Immer deine dummen Psychologisierungen«, sagte er giftig. »Hör endlich auf damit, ja?«

Sie beugte sich vor. »Nur keine Angst, lieber Mann. Ich tu dir nichts.«

Er starrte sie an, böse, aber er schwieg.

Sie begann, von der Ägäisinsel Santorini zu erzählen. Wie eine Reiseführerin, dachte er, wie die allerletzte Kuh. Sie hatte vor, Anfang August für zwei Wochen hinzufahren. Weiße Häuser mit Blick auf den Vulkan, hoch über dem Meer, das er doch so liebe. Die roten Felsen der Caldera, die Sterne in der Nacht, die Lichterpracht.

»Einmal«, sagte sie, »einmal möchte ich mit dir ans Meer fahren.«

»Warum? Ich habe die letzten Tage genug geschwitzt.«

»Aber dort geht immer eine kühle Brise. Die haucht dir den Schweiß vom alternden Leib. Und du riechst wie in deinen besten Tagen.«

Wieder prustete er los, sie war einfach umwerfend. Laßt alte Weiber um euch sein, dachte er, mit schweren Oberarmen und festem Nacken, auch wenn es nicht mehr das gleiche ist. Aber das sagte er nicht laut, sondern er sprach: »Wenn wir uns schon das ganze Jahr herumstreiten, warum sollen wir uns dann noch im Urlaub auf die Nerven gehen?«

»Einmal, nur einmal«, bat sie, »das wäre mein heißer Wunsch. Wir werden uns nicht auf die Nerven gehen, sondern ich werde mich verflüchtigen ins Meer.«

»Du meinst die See.«

»Gut, meinetwegen. Ich werde in die See abtauchen.«

»Dort liegt schon einer«, sagte er. »Ausgestreckt, kalt. Ein Stück Fleisch. Die Fische fressen seine Rippen kahl, das kühle Gebein. Das wäre doch etwas, wie? Das wäre eine Wasserbestattung. Zurück in die Mutter, aus der wir alle gekommen sind.«

»Ich denke, du willst nicht mehr vom Tod reden?«

»Ein letztes Mal. Ein letztes Salt Peanuts. Und Schluß.«

Er öffnete die Flasche, die ihm Christine gebracht hatte. Ein trockener Knall, dann schäumte das Bier ins Glas.

Am andern Mittag bestieg er im Französischen Bahnhof den Train rapide nach Paris. Ein schöner, schlanker Zug, zweite Klasse, er hatte ein Abteil für sich. Er entnahm seiner Tasche das rote Heft, setzte den Kugelschreiber an und schrieb: »Ich fahre in die wunderbare, große Stadt Paris, ohne richtig zu wissen, warum. Vielleicht deshalb, weil sie mir in meiner Jugend das Leben gerettet hat. Was dem einen die See, ist dem andern Paris. Das ist gehupft wie gesprungen. Beides ist besser als der Tod im Wasser.«

Er hielt ein, nagte am Kugelschreiber und fügte hinzu: »Das gilt für die Jugendzeit. Im Alter gelten andere Gesetze.«

Befriedigt, mit einem kurzen Grinsen, aber das war nur ein Hauch, der über sein Gesicht glitt, versorgte er das Heft in der Tasche, legte seinen Kopf darauf und schlief sogleich ein.

Als er erwachte, lag draußen rechter Hand ein Kanal. Stilles Wasser, dunkel hingebettet zwischen den Böschungen. Gelbe Schwertlilien, Schilf, hin und wieder saß ein Fischer am Ufer. Vor einer Schleuse lag eine Péniche, wartend, bis das schwarze Eisentor sich öffnen würde. Eine Frau stand auf Deck, ein rotes Hemd zur Wäscheleine hochstreckend. Dann raste der Zug in einen Tunnel hinein.

Kurz nach Vesoul nahm er das blaue Heft aus der Tasche und ging nach vorn in die Bar Corail. Er bestellte einen Croque Monsieur und Kaffee. Ein Liebespaar saß in einer Ecke, unglaublich jung, beide trugen Jeans mit hineingerissenen Löchern, das machte sich offenbar besser so. Sie hatte den Kopf an seine Schulter gelegt, beide schliefen.

Er setzte sich behutsam, er wollte nicht stören. Er aß und trank. Zartgeschmolzener Käse, fein geschnittener Schinken zwischen geröstetem Brot, bitterer Kaffee. Süße Frühe der Jugend.

Er zündete sich eine an, zog den Rauch ein, unterdrückte das Husten. Er würde mit Sicherheit aufhören zu rauchen, bald. Aber nicht jetzt, nicht in diesem Zug.

Er öffnete das blaue Heft und las, was Freddy Lerch unter dem Titel ERFAHRUNG UND AUSBLICK notiert hatte.

»Überdenke ich mein nun fast schon acht Jahrzehnte dauerndes Leben, erfaßt mich eine stille Wehmut. Was für Anstrengungen, was für Kämpfe, was für Duldsamkeiten. Wie vergeblich scheint das alles gewesen zu sein. Besonders wenn ich an meine Mutter denke. Was für ein opferbereites Frauenleben. Arbeit den ganzen Tag jahraus jahrein bis in die tiefe Nacht hinein, Sorgen und Not in Hülle und Fülle. Und fast keine Zeit und Gelegenheit zur Herzensgüte, zum Liebesbeweis. Und als Dank das Unverständnis der Dorfgewaltigen, die ihren jüngsten Sohn von der Schule wiesen. Das hat ihr das Herz gebrochen. Das war ein Markstein in meinem Leben.

Sie war stets mein Vorbild in guten und bösen Tagen. Der Leuchtturm, der mir die Richtung angab. Denn welche Kraft hat in dieser kleinen Person gesteckt, welche Herzensgüte und Intelligenz. Sie hat nie aufgegeben. Und sie hat alle Schwierigkeiten gemeistert. Aus allen vieren von uns ist etwas Rechtes geworden.

Von ihr habe ich gelernt, mich zu wehren. Mit Haut und Haar. Sie hat zwar nie darüber geredet. Große Worte waren ihr unbekannt. Sie hat mich durch ihr tätiges Beispiel belehrt. Als ich damals jenen üblen Lehrer an die Wand gedrückt habe, war sie mir deswegen nicht böse. Sie hat kein Wort darüber verloren, aber ich merkte, daß sie mir innerlich recht gab. Denn was ihr im tiefsten Herzen verhaßt war, das war das Unrecht, besonders gegen die Armen.

So hat mich immer die Gerechtigkeit geführt. Ich weiß allerdings, daß es auf dieser Erde keine richtige Gerechtigkeit geben kann. Die Welt ist nicht so eingerichtet. Aber versuchen sollte man es doch in jeder Lage, in der man sich befindet, Gerechtigkeit walten zu lassen. Zumindest sollte man jeden Menschen achten. Schon allein aus Ehrfurcht vor der Schöpfung, deren Kinder wir sind. Ich habe trotz aller Schwierigkeiten meinen Weg gemacht. Unkonventionell zwar, eigensinnig. Aber die Wege Gottes sind eben manchmal verschlungen, wie man so sagt, und die Wege des Menschen auch. Ich bin keine bequeme Stütze des Staates. Aber geachtet bin ich doch, das darf ich behaupten. Besonders hier in der Lorbeerstraße. Sie nennen mich alle Seebär. Ich bin stolz auf diesen Spitznamen, weil er mich an meinen damaligen Vorgesetzten und Freund Thor Erikstad erinnert.

Ich halte Eigensinn für eine gute Eigenschaft, ganz im Gegensatz zur landläufigen Meinung. Viele Leute meinen, es sei das beste, so zu leben, daß man in keiner Weise aus der Reihe tanzt oder auffällt. Meine Meinung ist das nicht. Ich glaube, es müssen viele Leute auffallen. Man fällt ja nur auf, wenn man etwas Besonderes tut oder ist. Und dann ist das Leben viel einfallsreicher.

Überdenke ich mein bisheriges Leben, erfüllt mich aber auch eine heitere Freude. Was habe ich nicht alles erlebt und gesehen. Welche Schönheiten habe ich erblickt, zu Wasser und zu Lande. Wie viele großartige Menschen habe ich getroffen, was für wertvolle Begegnungen. Und wie viele Leute habe ich gefunden, uneigennützige, hingebungsvolle, so daß auch ich mich habe hingeben können. Diese Hingabe ist vielleicht der größte Schatz in meinem Leben.

Womit ich nicht nur die erotische Hingabe meine. Die auch. Aber nicht nur. Ich meine vor allem die tätige, hilfsbereite Hingabe dem Mitmenschen gegenüber. Sei er jetzt männlich oder weiblich. Die Anteilnahme am Geschicke des andern, des Nächsten, wie es in der Bibel steht. Man ist ja nicht allein auf der Welt, man ist von der Natur aus zur Hilfe verpflichtet. Das ist meine feste Meinung.

Ich habe stets erfahren, daß unter den Menschen, die nicht auf Rosen gebettet sind, mehr Anteilnahme da war als unter den Menschen aus besseren Verhältnissen. Man hilft sich mehr in der armen Schicht. Man drückt auch hin und wieder ein Auge zu, wenn es um Geld geht. Man lacht mehr, und man freut sich mehr. So ist das Leben kurzweiliger, schöner.

Ich mache mir manchmal Gedanken über mein schönes Heimatland, die Schweiz. Dann komme ich zum Schluß, daß es den Menschen hier einfach zu gut geht, als daß sie sorglos und fröhlich leben könnten. Das tönt fast paradox, ist aber so. Alle haben Angst, daß sie das, was sie besitzen, verlieren könnten. Das macht sie so ängstlich, so griesgrämig. Besitz ist nicht nur ein Grund zur Freude. Er ist auch ein Grund zur Sorge. Das ist jetzt die Meinung eines alten Seebärs. Ich selber besitze so viel, daß ich gerade genug zum Leben habe. Das ist gut so.

Hätte ich allerdings nicht gespart damals, müßte ich heute am Hungertuch nagen. Da ich erst spät in die Pensionskasse aufgenommen wurde, beziehe ich nur eine minimale Rente. Aber da ich armer Leute

Kind bin, habe ich gespart. Armut ist eben auch eine gute Schule für das Leben.

Allerdings brauche ich nicht viel. Ein Bier ab und zu im Todtnauerhof oder in der Fischerstube. Im Frühling eine Reise nach Paris. Hin und wieder ein Geschenk an eine Freundin. Und der Wellensittich ist mir Lust und Freude.

Anschließend will ich noch ein Wort äußern zur heutigen Jugend. Ich will nicht klagen. Aber es scheint mir doch, daß ihr die harte Schule des Lebens fehlt. Sie ist zu sehr im Wohlstand aufgewachsen. Deshalb rennt sie jeder Mode nach. Sie hat es nicht gelernt, Armut zu ertragen und zu arbeiten, um die Armut zu überwinden. Sie meint, die gebratenen Tauben müßten ihr unbedingt in den Mund fliegen.

Was ich überhaupt nicht begreife, sind die jungen Leute am Rhein vorn, die Rauschgift konsumieren. Warum tun sie das, wenn sie doch wissen, was für Folgen das hat? Wollen sie sterben, so jung?

Ich frage mich, warum das Leben für diese Leute seinen alten, schönen Sinn verloren hat. Ich komme zum Schluß, daß ich es nicht weiß. Vermutlich bin ich zu alt.

Jedenfalls ist es besser wegzugehen, wenn man noch gesund und kräftig ist, und irgendwo auf der Welt einen neuen Pflock einzuschlagen, als in der Heimatstadt zu verkommen. Man darf sich nie aufgeben, man muß an sich glauben. Wer an sich glaubt, hat einen Schutzengel. Das habe ich persönlich mehrmals am eigenen Leibe erfahren.

Der junge Silvan, mein Großneffe, den ich über alles liebe, war in elendem Zustande, als er zu mir nach Basel zog. Er hat sich mehrmals am Rhein vorn in der Drogenszene herumgetrieben. Ich habe das beobachtet. Dann habe ich ihm klipp und klar meine Meinung gesagt, daß es nämlich von Dummheit und Feigheit zeuge, das eigene Leben einfach so davonschlitteln zu lassen, als wäre es ein fremdes. Ich habe ihm das deutlich, aber anständig gesagt. Er hat mir zu meiner großen Freude geglaubt. Er hat gemerkt, daß ich recht habe und es gut meine mit ihm. In der letzten Zeit gibt er mir zur schönsten Hoffnung Anlaß.

Einen großen Anteil an der Wende zum Guten hat überdies Denise Zaugg. Sie erinnert mich in vielem an meine Mutter, obschon sie eine recht ausgefallene Frisur hat. Ich habe auch sie in meinem Testament berücksichtigt.

So bleibt mir zum Schluß nur noch der Dank. Mein erster Dank gebührt meiner Mutter, aus bereits geschilderten Gründen. Mein zweiter Dank gebührt dem Herrgott im Himmel droben, wenn es ihn gibt. Das weiß niemand genau. Mein dritter Dank gehört der namentlich ungenannten Dame, die mich in jungen Jahren eine kurze Zeit geliebt hat. Das war der Höhepunkt in meinem Leben. Mein vierter Dank gebührt meinem Schutzengel, der mich durch alle Fährnisse des Lebens geleitet und gesund in ein heiteres Alter geführt hat.«

Es folgte noch ein Satz, nur einer allein auf einer

neuen Seite, doppelt unterstrichen: »Wer helfen will, macht sich schuldig.«

Der Zug fuhr ein in die Industriestadt Troyes.

Hunkeler war in sein Abteil zurückgegangen, das blaue Heft sorgsam in der Hand tragend. Es war sein Schatz, den er eigenhändig gehoben hatte. Ein Vermächtnis, an ihn persönlich gerichtet, als hätte es sein Vater geschrieben. Er würde sich äußerst ungern von ihm trennen. Aber irgendwann würde es wohl sein müssen.

Welch eine Lebenskraft, dachte er, als draußen die verrußten Mauern vorbeiglitten, schwärzliche Backsteinhäuser mit engen Hinterhöfen. Was für ein Optimismus, welch ein Gottvertrauen, auch wenn es diesen Gott vielleicht nicht gab. Aber den Schutzengel, den gab es. Auch wenn nicht klar war, wer ihn geschickt hatte. Vielleicht die Mutter, vielleicht auch die namentlich ungenannte Dame, die einen Ring ins Grab hatte fallen lassen.

Der Zug hielt an, es stiegen viele Leute zu. Das Abteil füllte sich bis auf einen Platz schräg gegenüber. Draußen pfiff der Schaffner, der Wagen rollte an und kam dann gleich wieder zum Stehen. Eine seltsame Stille, irgend etwas war los.

Nach mehreren Minuten tauchten draußen im Gang zwei jüngere Männer auf. Zivilisten, in unauffälliges Grau gekleidet. Aber Hunkeler erkannte sogleich die Ausbuchtung der Schulterhalfter unter ihren linken Oberarmen. Und er sah, daß ihre Nerven aufs äußerste angespannt waren. Einer schaute herein, ein schneller Hundeblick, Typ Madörin. Er schob die Tür wieder zu, und beide verschwanden im Gang Richtung Lokomotive.

Weitere Minuten verstrichen, niemand im Abteil sagte ein Wort. Dann ging die Tür wieder auf. Herein kam ein junger, zierlicher Mann mit schwarzem Haar, in Shirt und Jeans, ohne jedes Gepäckstück. Er setzte sich auf den noch freien Platz, unauffällig und flink. Er saß da, sehr klein, reglos, als wäre er schon in Basel zugestiegen. Der war auf der Flucht, das wußte Hunkeler sogleich, der zitterte in seinem Herzen vor Todesangst.

Eine jüngere Frau, eine Dame, die den Platz zum Gang hin einnahm, zog die Tür zu. Sie drehte den Kopf zum neu Eingetretenen, doch der schaute nicht auf. Behutsam legte sie ihre rechte Hand auf sein linkes Knie. Alle sahen das, doch alle nahmen den Blick sogleich wieder weg von dieser feingliedrigen Hand, die auf dem Männerknie liegenblieb.

Stille, kein Wort. Dann tauchten die beiden Zivilen wieder auf. Sie waren unterwegs nach hinten, von wo der neue Fahrgast gekommen war. Die Tür ging auf, die schnellen Hundeaugen, ein kurzes, ängstliches Zögern, als sie den neuen Fahrgast sahen, aber dann streiften sie die Frauenhand auf dem Knie. Ach so, so war das, ein Liebespaar. Die Tür schloß sich, die beiden Männer verschwanden.

Die Frau nahm ihre Hand weg. Sie holte eine Zigarette hervor und zündete sie an. Wieder ein Blick zum Nachbarn, sie bot ihm auch eine an. Als sie ihm Feuer gab, zitterte seine Hand.

Nach weiteren Minuten fuhr der Zug endlich an. Gespannte Stille, es war noch zu früh zum Aufatmen.

Nach wenigen hundert Metern – die Fahrt war noch nicht allzu schnell – erhob sich der Mann abrupt, riß die Tür auf und verschwand im Gang Richtung Lokomotive.

»Enfin«, sagte einer, der neben Hunkeler saß. Kurze Blicke, erlöstes Lächeln auf den Gesichtern, es freuten sich offenbar alle.

Zum Teufel, dachte Kommissär Hunkeler, ich bin Polizist und lasse einen Mann, der offensichtlich gesucht wird, einfach laufen. Ein kurzes Zwinkern zum Zivilen hätte genügt, ein schnelles Zeigen mit dem Finger. Aber nein, er hatte dagesessen wie ein Hornochse, blöde vor sich hinglotzend. Heimlich hatte er sich sogar mitgefreut, daß der Mann entkommen war.

Etwas aber wunderte ihn. Er beugte sich vor und faßte die Dame ins Auge, scharf wie im Verhör.

»Kennen Sie diesen jungen Mann, Madame?«

Sie hob erstaunt den Blick, schaute ihn an aus grünen Augen. Was war denn das für eine seltsame Frage? Dann lächelte sie, lieb, wunderschön.

»Aber nein, Monsieur«, ihre Stimme klang wie süßer Flötenton. »Warum sollte ich ihn denn kennen?«

Während der Einfahrt in Paris stand er im Gang draußen und schaute hinaus. Die kleinen Häuser der Vorstadt, Gärten, viele Autos. Ein Platz mit einem Bistro, ein Gemüsestand, knallrote Tomaten. Darüber der weite Himmel, im Westen die orange Sonnenkugel, tief im Dunst hängend. Hohe Betonbauten, elegant hingeklotzt. Dazwischen ein Stück Wasser. Dann Häuser aus grauem Bruchstein mit den Mansardenreihen oben, noch aus dem letzten Jahrhundert stammend. Ein kurzer Blick, schräg nach vorn, auf die weiße Sacré Cœur, die an der Stelle errichtet worden war, wo sich die Kommunarden bis zum schrecklichen Ende gewehrt hatten.

Der Zug glitt in die Halle. Hunkeler stieg aus. Er grinste, er lachte. Zum Teufel, warum? Fast hätte er gejauchzt.

Warum eigentlich war er so lange nicht mehr hierhergekommen? Die Stadt hatte ihm doch wirklich das Leben gerettet damals in jungen Jahren. Jedenfalls war das eine seiner festen Redensarten, die er immer wieder zum besten gab, um auf seine traurige Jugend hinzuweisen. In dieser wunderbaren, großen Stadt hatte er tatsächlich zu tanzen begonnen. Er hatte sich nicht aufgegeben, sondern er hatte, so wie das Freddy Lerch riet, zum ersten Mal in seinem Leben begonnen, an sich selber zu glauben. Und er hatte einen Schutzengel gehabt. Warum eigentlich sollte er jetzt keinen mehr haben? Galten im Alter wirklich andere Gesetze?

Er stieg zur Metro hinunter, Richtung Clignancourt.

Die weiß gekachelten Wände, der altvertraute Duft, der Clochard am Boden mit Weinflasche und Hut, alles war da. Das leise Einrollen der Bahn, der Warnton vor dem Zuschnappen der Türen, das Fahren im Bauche der Erde.

Bei Château Rouge stieg er aus. Er kannte diese Gegend schlecht, er hatte sich damals im Quartier Latin herumgetrieben. Nur einmal hatte er draußen im Norden einen algerischen Freund besucht, der mit seiner Mutter in einer Einzimmerwohnung lebte.

Oben auf dem Boulevard Barbès wußte er sogleich, daß er hier richtig war. Ein Platz wie im Maghreb, in der weißen Stadt Algier z. B., ein Gedränge wie in der Kasbah. Braune Männer mit der Gehweise des weißen Dromedars, hohe schwarze Frauen, in bunte Gewänder gehüllt, schlafende Kleinkinder auf dem Rücken tragend. Einige hielten die ersten Maiskolben des Jahres feil, weichgekocht, gesalzen. Mais Mais Mais, murmelten sie, als würden sie den Schatz des seefahrenden Sindbad verhökern.

Er betrat den Markt, immer noch die Reisetasche in der Hand. Es gab kein Entkommen, die Farben waren zu eindeutig, zu klar. Karotten und Gurken, Orangen und Birnen, jede Frucht eine Schönheit. Würste, dunkles Fleisch am Haken, die braunen Blutflecken auf dem weißen Gewand des Metzgers.

Ein Fischstand war da, halbmeterlange, rote Fischleiber, auf kühles Eis gebettet, noch im Tod eine Pracht. Die hießen Viranos, der Name stand daneben. Der kleine Coq Rouge mit den schwarzen

Punkten, tropisch glitzernd. Die dunkel überhauchte Vieille, der Silure mit der flachen Schnauze und den Barten links und rechts. Das war der Wels, der kam aus dem Süßwasser. Dann die braunen Schalenkrebse, einige lebten noch und krabbelten über die toten Artgenossen. Alle diese Wassertiere waren zu Gruppen geordnet, nichts anderes darstellend als sich selbst.

Hingerissen schaute er zu, wie die Frauen sich über den Stand beugten und mit sicherer Hand auf einen der Leiber zeigten. Der Verkäufer packte zu, ein kurzes, hartes Feilschen, dann ein Nicken der Frau, der Fisch wurde in eine Zeitung gewickelt und verschwand im Einkaufsnetz.

Im Café Dejean an der Ecke trank er Kaffee. Er nahm das rote Heft aus der Tasche, öffnete es und schrieb einen Satz hinein, den er merkwürdig fand: »Nur eine einzige Art von Gerechtigkeit ist gut und nützlich. Es ist die Gnade.«

Befriedigt versorgte er das Heft wieder. Immerhin ein Satz, den er aufgeschrieben hatte. Er hatte vor, weitere Sätze zu notieren. Er war auf der Lauer nach merkwürdigen Sätzen, wie damals, als er schreibend in dieser Stadt gelebt hatte drüben am linken Ufer. Es war zwar nichts Rechtes daraus geworden, er hatte die notwendige Konsequenz nicht aufgebracht. Aber aufgeschrieben, dachte er, ist aufgeschrieben, ein Wort ist ein Wort.

An der Theke standen Araber, behende diskutierend. Links an einem der schmalen Tischchen saßen zwei Schwarze mit einer blonden Frau, die ihnen irgendeine Geschichte aus Marokko erzählte. Ein Abenteuer auf einer Jeepfahrt zu zweit, wie Hunkeler verstand, im Atlas unter Beduinen.

Zwei Männer kamen herein im weißen, blutverschmierten Berufsgewand der Fleischträger. Wie früher, dachte er, als er in den Hallen nächtelang halbe Schweine herumgeschleppt hatte. Gebannt schaute er zu, wie die beiden zum Regal neben der Theke gingen und Eßwaren aus einem der Abteile, das offenbar ihnen gehörte, nahmen. Sie setzten sich, die Wirtin brachte Bier, sie aßen und tranken. Frisches, knuspriges Brot, Käse und Wurst. Sie schwiegen beide, sie waren wohl müde. Ganz alltäglich, eine gut eingespielte Selbstverständlichkeit.

Hunkeler trat hinaus, ging den Boulevard Barbès hinauf und mietete im Hotel Dorée ein Zimmer. Ein Etablissement, das schon bessere Zeiten gesehen hatte, mit falschem Marmor und geschwungener Treppe im Foyer, mit Säulen und Girlanden. Am Empfang saß eine Mulattin in seinem Alter, ein Café au lait mit tiefer Stimme und breitem Lachen.

Beim Hinaufsteigen hörte er Musik. Sie kam aus verschiedenen Zimmern. Arabische Lieder, seltsam fremd, Musik aus der Karibik, eine endlose Folge einfacher Strophen, mit monoton gehämmertem Rhythmus.

Diese Musik begleitete ihn durch alle fünf Tage und Nächte, die er im Viertel verbrachte. Sie schien aus allen Fenstern zu strömen, ein helles, begütigendes Wasser. Sie wiegte ihn des Nachts in den Schlaf und weckte ihn am Morgen, ein immerwährendes Erzählen, Lachen und Trauern. Die ›Islands in the Sun‹ schienen aufzutauchen mitten in Paris, ein Bananenboot, ein Windjammer mit weißen Segeln.

Einmal schrieb er an Hedwig. Er saß im Café Le Celtique auf der anderen Seite des Boulevards, als ihm wieder ein Satz einfiel. Der gehört nicht mir, dachte er, der gehört meiner Freundin. Er holte am Schalter, wo Tabak verkauft wurde, eine Ansichtskarte samt Postmarke, setzte sich wieder und schrieb auf die Rückseite: »Das mit den drei Gründen, warum ich dich liebe, stimmt nicht. Es gibt nur einen einzigen Grund. Weil du ein Seetier bist, eine Salzwasserfrau.«

Er fuhr nur einmal hinüber ans linke Ufer. Das war am Abend des letzten Tages. Er nahm die Metro bis St. Michel. Dort stieg er aus, weil er vorhatte, durch die Rue des Arts zu wandern bis zum Carrefour de Buci. Er fand den richtigen Ausgang nicht, er irrte herum. In einem Nebengang rannte ihm ein Mädchen entgegen. Sie packte ihn, sie hatte erstaunlich viel Kraft. Eine junge Frau, dachte er, die ist in Not.

»Venez vite«, sagte sie, »kommen Sie, Monsieur. Helfen Sie.«

Sie war schneeweiß im Gesicht.

Er machte sich los, er wollte nichts wissen von Hilfe, er war nicht im Dienst. Aber sie packte ihn wieder, riß ihn mit sich, schob ihn von hinten.

Nach einer Biegung des Ganges sah er, was los war. Drei Burschen hatten ein Mädchen gepackt. Sie klebte an der Wand, festgehalten von kräftigen Männerarmen, die Jeans hatten sie ihr heruntergerissen. Sie kicherte blöde, hysterisch, als ginge sie das alles nichts an. Aus einer Männerhose ragte der Penis.

Hunkeler schrie, er hatte sich noch nie so schreien hören. »Non, êtes-vous foux?«

Das dröhnte im Gang, er hörte seine Stimme, zurückgeworfen von den gekachelten Wänden. Das Mädchen schob ihn, er mußte hin, ob er wollte oder nicht. Er machte ein paar Schritte, unsicher, ängstlich. Dann packte ihn der Haß, die Wut.

»Saucheibe, salauds, espèces de cochon!« schrie er, bereit zum Kampf mit Fäusten und Tritten. Er rannte beinahe die letzten Meter.

Es ging alles blitzschnell. Die Burschen waren weg, ehe er sie erreicht hatte. Der eine mit wippendem Stengel, er zog sich im Laufen den Reißverschluß zu. Dann war nur noch die junge Frau da, die, immer noch kichernd, zu Boden sackte. Das Mädchen, das ihn geschoben hatte, stöhnte auf und fing an, hemmungslos zu schluchzen. Sie nestelte an einer Tasche herum, die ihr über die Schulter hing – hellbraunes, feines Wildleder, das sah er genau –, sie zog eine halbe Baguette heraus, teilte sie schwesterlich in zwei handlange Stücke, und gemeinsam aßen die beiden, immer noch schluchzend, weißes, knuspriges Brot.

Hunkeler schaute zu. Er mußte sich erst beruhigen.

»Hört einmal«, sagte er, »ich entschuldige mich.«

Er verbeugte sich leicht, es war nur eine Andeutung einer Verbeugung.

»Ich weiß«, sprach er, »es gibt viele Unfreundlichkeiten.« Er suchte mühsam die Wörter zusammen. »Viele Verletzungen, viele Verbrechen. Trotzdem beharre ich darauf, daß Gnade die einzige Form von Gerechtigkeit ist, die wirklich hilft. Sie verstehen mich nicht, nicht wahr?«

Sie schauten ihn hilflos an, sie hatten ihn nicht begriffen.

»Jetzt schlage ich vor«, sagte er, »daß wir zusammen ein Bier trinken gehen im Café Atlas.«

Sie waren sogleich bereit mitzukommen. Sie erhoben sich brav und gesittet, ordneten die Kleider, kämmten sich, zwei zarte, verletzte Vögel.

Sie kamen beide aus Straßburg und konnten gut Deutsch. Als sie durch die Rue des Arts gingen, erklärte er ihnen, daß diese Straße ursprünglich Rue des Ares geheißen habe, da hier die Bogenschützen gewohnt hätten. Das habe ihm Claude erzählt, sein älterer Freund, ein Antiquar und Junggeselle, der ihm damals geholfen habe, als er in ihrem Alter gewesen und in diesen engen Gassen herumgelungert sei. Aber von einer Vergewaltigung habe er damals nie etwas gehört, sie seien immer anständig gewesen miteinander, Burschen und Mädchen, so gut das eben gegangen sei.

Er redete und redete, pausenlos, nur keine Stille jetzt, er fühlte sich tatsächlich mitschuldig. Dieser Stengel vor dem nackten Frauenschoß, dieses Kichern der jungen Frau, ihr aufgerissener Mund. Sein eigenes Erschrecken, seine Angst erst. Seine plötzliche Feigheit, die ihn erstaunt hatte. Dann sein Jähzorn, er wäre bereit gewesen, mit der Faust hineinzufahren in dieses ekelhafte Männergesicht. Das Erschlaffen der jungen Frau endlich, ihr Zusammensacken, wie ein Stück Wäsche. Einfach so war das geschehen, ohne irgendeine Ankündigung, ganz alltäglich. Und erst jetzt fiel ihm die Stille auf, die geherrscht hatte, die Wortlosigkeit, unterbrochen nur durch das hysterische Gekicher der Frau. Bis dann sein Schreien von den Wänden zurückgeworfen worden war.

Die beiden Mädchen marschierten wacker mit, ganz so, als wäre nichts Besonderes vorgefallen. Sie hörten ihm interessiert zu, warum, wußte er nicht. Als sie den Carrefour de Buci erreichten, blieb er stehen und zeigte hinauf zu den Dächern.

»Dort war ein Hotel damals«, sagte er, »das Hotel de Dieppe. Dort oben habe ich gewohnt in einer Mansarde, direkt unter dem Dach.«

Sie schauten angestrengt hinauf, als ob sich dort oben eine Sehenswürdigkeit befunden hätte.

»Da vorne«, sagte die kleinere der beiden, »gibt es einen schönen Blumenladen. Wir kennen uns hier aus. Wir wohnen nämlich gleich um die Ecke. Im Louisiane.«

»Ach so?« sagte er. »Ist das nicht das Hotel mit dem Fischstand vor der Haustür?«

»Ja«, sagte die andere, »dort liegen schöne Fische. Und die Krebse wollen immer fortkrabbeln. Aber sie können nicht, die Frau packt sie immer wieder und legt sie ins Becken zurück. Das ist doch Tierquälerei.«

Hunkeler zuckte mit den Achseln. Er wäre gerne mitgegangen.

»Also denn«, sagte die Kleinere, und sie versuchte, freundlich zu lächeln, »auf Wiedersehen, Monsieur. Und vielen Dank für die Begleitung. Es war sehr nett von Ihnen.«

»Halt«, sagte Hunkeler, »so geht das nicht. Sie haben mit Sicherheit einen Schock erlitten. Wir müssen darüber reden.«

»Über was wollen Sie reden? Das ist nicht nötig. Wir werden schon allein fertig damit. Es ist ja nichts geschehen.« Sie lächelte jetzt richtig, und er schaute ihnen zu, wie sie über den Platz gingen. Beim Blumenladen blieben sie stehen und bestaunten einen meterhohen Strauß roter Gladiolen. Dann drehten sie sich kurz um, und beide winkten.

Er setzte sich ins Café Atlas und bestellte einen Marc de Bourgogne, en ver de Cognac. Als er sich eine Zigarette anzündete, bemerkte er, wie die Hand mit dem Streichholz zitterte. Er schnüffelte am Schnaps, den ihm der alte Kellner aufs Tischchen geknallt hatte mit gekonnter, schwungvoller Geste, er fühlte den Alkoholduft in seine Nase aufsteigen. Ein guter Geruch, zuverlässig und tröstlich. Immerhin das. Dann ließ er den Schnaps langsam in seine Kehle rinnen.

Die Straße war beidseitig vollgestellt mit Tischen und Stühlen. Touristen saßen da, junge und alte, viele Amerikaner. Es waren auch Schweizer darunter, er erkannte sie an den verkniffenen Gesichtern. Er grinste bitter, womöglich hatte auch er ein solches Gesicht.

Er dachte über die Liebe nach, die verletzende, brutale, tödliche. Übers Geschlecht, das die Menschen bestimmte, ob sie wollten oder nicht. OMBRE DE MON AMOUR, fiel ihm ein, so hatte ein Gedichtband von Apollinaire geheißen, den er damals gelesen hatte. Schatten meiner Liebe.

Er nahm das rote Heft aus der Jackentasche und schrieb hinein: »Zwei junge, schöne Vögel, die fliegen wollen, abheben, sich hochschwingen ins Blau des Himmels. Es gelingt ihnen nicht. Sie werden verletzt.«

Das war Kitsch, fiel ihm auf, aber das war ihm gleich. Denn jetzt merkte er, daß er weinte.

Als er zurückgefahren war zum Château Rouge, kaufte er bei einem Algerier, mit dem er sich angefreundet hatte, ein Sandwich, setzte sich auf eine

Bank und aß. Die Autos glitten im Schrittempo vorbei, mehrere Reihen nebeneinander. Ein monotones Rauschen, nur manchmal knatterte ein Motorrad los.

Eine Frau kam auf ihn zu, nickte freundlich und setzte sich neben ihn. Sie wollte zehn Francs haben, für den Bus. Er gab sie ihr, und sie behauptete, die Schweizer seien die nettesten Männer der Welt, weil sie so freigebig seien. Sie sah ein bißchen wild aus, verwahrlost. Oben links fehlte ein Zahn.

Sie hieß Nadine, und sie nannte ihn Pierrot. Er ging mit ihr ins Café le Commerce, sie tranken eine Flasche Wein zusammen. Sie gefiel ihm, ihr schnelles Denken, die Genauigkeit ihrer Augen. Er merkte zu seiner Verwunderung, daß auch er ihr gefiel.

Sie erzählte dauernd, als ob sie schon längst nicht mehr zu Wort gekommen wäre. Sie schimpfte ordinär, vor allem über die Fundamentalisten in Algerien, les cochons. Offenbar hatte sie 14 Jahre drüben im Maghreb gelebt, in Annaba an der Küste, in einem weißen Haus mit einem Maler zusammen. Wie billig das Leben dort drüben gewesen sei, und was für ein Licht! Aber der Maler, le salaud, war verduftet nach Rom, und zwar wegen der Fundamentalisten, les cochons, die seine Ansichten nicht mehr ertragen und ihn am Leben bedroht hätten. Und eine alleinstehende Frau sei dort drüben nichts wert, besonders eine Europäerin, die keinen Schleier tragen wolle, elle vaut rien. Nicht wie bei uns, nicht wahr, Monsieur?

Sie grinste, er grinste zurück.

»Es ist überall das gleiche«, sagte sie, »partout de la merde. Und Sie, Monsieur Pierrot, was machen Sie?«

Er sei Beamter, sagte er, in der Basler Verwaltung.

Sie lachte, sie schüttelte den Kopf. Das hätte sie ihm wirklich nicht angesehen. Er habe so lebendige Augen, ein bißchen traurig zwar. Aber immerhin, des yeux vifs.

Sie kam mit ins Hotel, er mußte sie nicht einmal einladen dazu. Selbstverständlich, wie eine zugelaufene Katze. Im Zimmer umarmte sie ihn, ohne zu zögern. Ihr Leib roch seltsam. Wie die Kasbah, wie Zimt und Pfeffer. Sie fing plötzlich an zu rammeln, wild und fast herzlos, und er gab sich alle Mühe und rammelte zurück.

Als er am andern Morgen erwachte, war sie verschwunden. Nur noch ihr Duft hing im Bett. Nur die Musik, die durchs offene Fenster hereindrang.

Er packte seine Tasche, ging hinunter und bezahlte.

»Au revoir«, sagte die Frau am Empfang, »und kommen Sie bald wieder, mit oder ohne Begleitung.« Sie strahlte ihn an.

Er wanderte über den Boulevard, gemächlich, behutsam. Er genoß den Morgen, die süße Frühe des Tages.

In einer Bäckerei kaufte er eine halbe Baguette und ging damit über den Markt, kauend, schauend.

Die Fische, das Fleisch. Das Obst, das Gemüse. Die hohen Frauen, kräftig und stolz.

Er betrat das Café Dejean und bestellte am Tisch gleich neben der Tür einen Café au lait. Dann nahm er das rote Heft aus der Tasche, öffnete es und schrieb sorgfältig hinein: »Was ist glückliche Liebe? Nichts. Sie langweilt nach wenigen Tagen. Was ist unglückliche Liebe? Alles. Sie hält ein Leben lang an.« Er wollte das Heft schon wegstecken, aber da fiel ihm noch etwas ein: »Ich werde jedes Jahr hierherkommen, und wenn ich achtzig Jahre alt werde. Denn ganz Paris träumt von der Liebe. Und die Liebe befiehlt.«

Es war eine aufgeräumte Stimmung im Café, sonntäglich frisch. Einige Trinker standen an der Theke, ältere Männer in gebügelten Hemden, mit schäbigen Krawatten um den Hals. Daneben eine Gruppe Araber und elegant gekleidete Schwarze. Er biß ins Brot, nahm einen Schluck vom bitteren Kaffee mit der schaumigen Milch.

Es kamen zwei Männer herein im weißen Gewand der Fleischträger, der eine um die Fünfzig, der andere ungefähr zwanzig. Sie traten zum Regal mit den Abteilen und nahmen Eßwaren heraus. Sie setzten sich ans Tischchen neben Hunkeler, tranken einen Schluck vom Bier, das ihnen die Wirtin hinstellte, aßen Brot und Wurst, müde und schweigend. Der Zwanzigjährige hatte ein ziemlich großes Gesicht und Leberflecken beidseits der Nase, und in seinem linken Ohr steckte ein kleiner Ring.

Hunkeler starrte ihn an, ungläubig, er hatte nicht mehr gehofft, ihn zu finden. Aber jetzt saß er da, direkt neben ihm, mit breiten Schultern und gekraustem Haar.

Er konnte die Augen nicht wegnehmen von ihm, er hatte für einen Moment die Fassung verloren. Bis der junge Mann den Blick hob und ihn direkt anschaute mit hellen Augen, ein Flattern darin.

»Monsieur?« fragte er.

Da schüttelte Kommissär Hunkeler den Kopf. »Non«, sagte er, »c'est rien.«

Er blieb reglos sitzen, ruhig atmend, bis er merkte, daß der junge Mann den Blick von ihm wegnahm. Er wäre gern zu ihm hingegangen, um mit ihm zu reden, ihm zu helfen mit gutgemeinten Ratschlägen. Er freute sich nämlich unheimlich, der Kriminalkommissär Hunkeler, den jungen Herrn Lerch anzutreffen, den wackeren Fleischträger, der sein eigenes Abteil im Regal des Café Dejean besaß.

Er ließ es bleiben. Es ging einfach nicht. Selbst das blaue Heft, das ja für ihn bestimmt war, für Freddy Lerchs unternehmungslustigen Großneffen und Haupterben, konnte er ihm nicht übergeben. Nicht einmal ins Regal drüben neben der Theke konnte er es legen, wenn die beiden Fleischträger das Lokal verlassen hätten. Denn das wäre ein frevelhafter Eingriff ins Geschehen gewesen, welches sich offensichtlich zum Guten entwickelte, denn der junge Mann hätte Verdacht geschöpft und wäre möglicherweise weitergeflohen, bis hin an einen Ort, wo es ihm nicht mehr so gut ging. Jetzt ging es ihm gut, man mußte ihn laufen lassen. Und vielleicht hatte er Glück.

Leise erhob sich Hunkeler, er schaute nicht mehr hinüber zum Nebentisch. Als er draußen war, auf dem Markt, inmitten der Farben, mittendrin im Geschrei der Verkäufer und Käuferinnen, versuchte er ganz kurz zu jauchzen. Nicht zu laut, einfach nur so, ein bißchen bloß, damit es nicht auffiel. Es kam nur ein heiseres Husten, er hatte zuviel geraucht.

Auf dem Gare du Nord trank er einen Marc de Bourgogne, bedachtsam den Duft auskostend. Wie Honigholz. Er fühlte sich leicht. Einmal hob er den linken Arm an seine Nase, schnupperte daran. Das war kein fremder Geruch, was da auf seiner Haut lag, das war sein eigener, alt und vertraut. Nur ein leiser Hauch von Zimt und Pfeffer lag darüber.

Es war Sonntag abend, als er seine Wohnung wieder betrat. Der Ahorn im Hinterhof stand im Regen. Der Wind griff in die Äste, zerrte sie nach Osten, die Blätter flatterten. Er öffnete den Eisschrank, nahm ein Bier heraus und setzte sich an den Tisch. Er überlegte lange, hörte dem Wind draußen zu, den kühlen Abendfingern.

Er erhob sich und rief Hedwig an, um sie ins Sommereck einzuladen.

»Danke für die Karte«, sagte sie, »sie hat mir gut gefallen.«

»Ich muß dir etwas erzählen.«

Sie erschrak. »Ist es schlimm?«

»Überhaupt nicht«, sagte er, »im Gegenteil. Ich rieche wieder wie früher.«

Sie lachte und legte auf. Er holte das blaue Heft aus der Tasche, ging zum Eisschrank und öffnete das Gefrierfach. Flundernfilets lagen darin, Käsküchlein, Spinat, alles tiefgefroren, fingerhoch mit weißem Eis bedeckt. Er schob das blaue Heft obendrauf und schloß wieder zu.

Am andern Morgen, als er sich rasiert und geduscht hatte – er mußte ja wieder angreifen, schließlich war er Kriminalkommissär, und es gab noch einige anstehende Fälle zu lösen –, schaute er noch einmal hinein. Das Heft lag noch da, von einer zarten Eisschicht bedeckt, durch welche die blaue Farbe schimmerte.

Hansjörg Schneider

Das Paar im Kahn

Roman

BASTEI LÜBBE

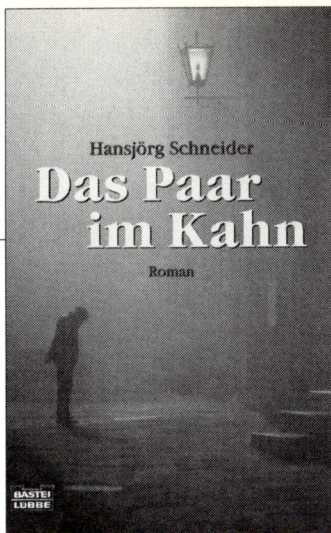

**»Einer der atmosphärisch dichtesten Krimis
der letzten Zeit ... viel zu schnell zu Ende gelesen.«**
DIE WELT

Eine junge Türkin wird ermordet aufgefunden, ihr
Mann hat sie scheinbar aus Eifersucht getötet –
wenige Stunden später erhängt er sich in der Zelle.
Doch Kommissär Hunkeler mag an eine so einfache
Lösung des Falles nicht glauben und recherchiert
weiter. Wo liegt das Motiv für diesen grausamen Tod
im Basler St. Johann-Quartier? War es ein Mord der
türkischen Mafia oder ist das Motiv tatsächlich
Eifersucht und Ehre?

**»Wenn man einmal damit angefangen hat, kommt
man nicht mehr davon los.«** *TAGESANZEIGER*

ISBN 3-404-14583-6

BASTEI LÜBBE

Hansjörg Schneider

Silberkiesel

Roman

BASTEI
LÜBBE

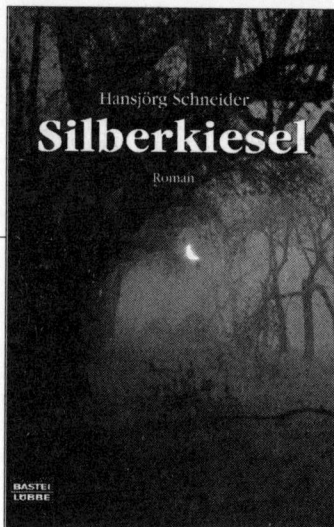

›Dieser *Silberkiesel* ist fürwahr ein kleiner Diamant.‹
DIE PRESSE, Wien

Die Jagd nach Diamanten, Erlös der Drogenmafia,
hält den Baseler Kommissar Hunkeler in Atem. Ein
libanesischer Kurier entledigt sich seiner Ware, bevor
die Polizei zugreifen kann. Gefunden werden die Diamanten von einem Kanalarbeiter, der das ihm zuge-
fallene Glück nicht mehr hergeben will. Doch der
Kurier setzt alles daran, sie zurückzuerobern …

›Ein Talent und eine Meisterschaft, die heutzutage
ihresgleichen suchen.‹ *NÜRNBERGER ZEITUNG*

ISBN 3-404-14652-2

BASTEI
LÜBBE

Paul
Carson

Tod
in
Dublin

Thriller

BASTEI
LÜBBE

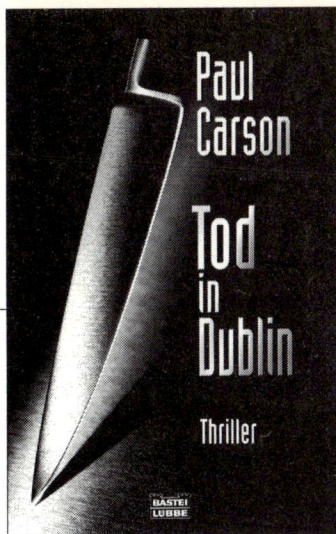

In der renommierten Dubliner Herzklinik sind mehrere
Patienten an einer mysteriösen Erkrankung gestorben. Eine allergische Reaktion auf bestimmte
Tabletten könnte die Todesursache sein, doch nach
Aktenlage wurden den Patienten keine entsprechen-
den Medikamente verabreicht. Der Arzt Dr. Frank
Clancy steht vor einem Rätsel. Als in einem Park die
Tochter eines in der Klinik tätigen Herzspezialisten
ermordet aufgefunden wird und sich der Verdacht
erhärtet, dass dieses brutale Verbrechen mit den rät-
selhaften Ereignissen in der Klinik im Zusammenhang
steht, gerät Dr. Clancy unversehens in ein Netz aus
Lüge und Gewalt.

ISBN 3-404-14730-8

BASTEI
LÜBBE

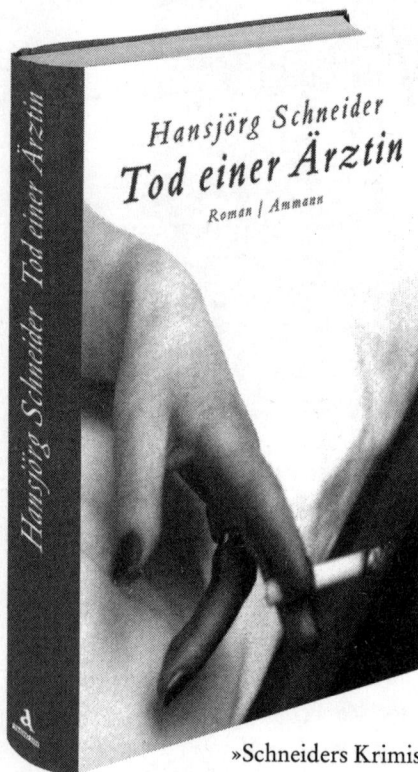